헬리오스 나인 4

한시랑 장편소설

초판 1쇄 찍은 날 § 2018년 6월 12일
초판 1쇄 펴낸 날 § 2018년 6월 19일

지은이 § 한시랑
펴낸이 § 서경석

총괄팀장 § 최하나
편집책임 § 신보라
디자인 § 신현아

펴낸곳 § 도서출판 청어람
등록번호 § 제387-1999-000006호
등록일자 § 1999. 5. 31
어람번호 § 제1-2916호

주소 § 경기도 부천시 부일로 483번길 40 서경B/D 3F (우) 14640
전화 § 032-656-4452 팩스 § 032-656-4453
http://www.chungeoram.com
E-mail § chungeorambook@daum.net

ISBN 979-11-04-91758-5 04810
ISBN 979-11-04-91689-2 (세트)

한시랑 장편소설

FUSION FANTASTIC STORY

헬리오스 나인

4

도서출판 청어람

헬리오스
나인

• Contents •

1장
드워프의 모루

권산은 '카르타고의 노래' 1층에서 미나와 마주 앉아 아침 식사를 했다. 여관은 그 이름에 걸맞게 매일 음유시인들이 찾아와 단상에 올라 연주를 하며 노래를 불렀다.

지금은 남녀 한 쌍의 음유시인이 올라와 남자는 기타와 비슷하게 생긴 류트라는 현악기를 연주했고, 여자는 '영웅 길가메쉬'라는 곡을 감미로운 목소리로 노래했다.

오라. 수메르의 제왕이여. 신과 인간의 아들이 우르크에 나타나셨나이다. 성난 이마, 들소의 눈, 청금석 수염, 보리 같은 머

리털을 지닌 세상 최고의 남자는 바로 길가메쉬 왕 그대이어라. 태양은 아름다움을, 폭풍은 용맹을 주었기에 당신은 모든 이들을 능가했나이다. 아아! 먹으면 다시 젊은이가 되는 식물을 찾아 그는 머나먼 길을 떠난다. 아아! 영웅이여. 당신은 불로초를 얻을 수 있을 것인가.

미나는 요리를 천천히 먹으며 두 눈을 감고 노래를 감상했다. 여자 음유시인의 애끓는 음색과 곡의 느린 박자가 절묘하게 섞여서 몰입감을 끌어 올리고 있었다.

"가창력도 그렇지만 꽤나 감성이 좋은데요."

"그래. 가사도 특이하고."

"길가메쉬 서사시에서 차용한 것 같군요. 5천 년쯤 전 고대 수메르 쪽 역사에 실존했다고 알려진 전설적인 왕이라고 알고 있어요."

권산은 '먹으면 영원히 죽지 않게 되는 식물'이라는 것에 깊은 인상을 받았다. 중국의 진시황만 하더라도 영생을 꿈꾸며 불로초를 찾지 않았던가.

죽음을 두려워하는 건 인간의 본성이었다.

무술에서도 소위 화경이라 칭하는 경지에 이르면 백 년의 수명을 얻게 되고, 현경이라 부르는 경지에 이르면 오백 년을 살 수 있다는 것이 일종의 전설처럼 내려온 풍문이다.

그 이상의 단계인 생사경에 이르면 생로병사를 초월할 수 있다고 알려져 있지만, 실은 아무도 그 단계에 가보지 못해 정말로 불사의 단계에 이르는지, 아니면 불사라고 부를 만큼 기나긴 수명을 갖게 되는지는 아무도 몰랐다.

'대체 암천마제는 무슨 수로 천 년이 넘는 시간 동안 살아온 것일까. 정말 그가 생사경의 고수란 말인가. 아니면 저 노래에 나오는 불로초라도 얻었단 말인가.'

권산은 내심 후자이길 바랐다. 사문의 원수를 갚자면 그쪽이 더 유리했기 때문이었다. 생사경이 아니라고 해도 최소 현경급으로 볼 수 있는 그였지만 만약 생사경의 고수라고 한다면 그에게 사문의 원한을 갚을 가능성은 천문학적으로 줄어들게 된다.

음유시인들의 노래가 끝나자 좌중에서는 박수와 휘파람이 터져 나왔다. 음유시인들이 테이블을 한 바퀴 돌자 권산도 품에서 5플로린을 꺼내 그들이 내민 주머니에 넣어주었다.

"훌륭했소."

"감사합니다."

음유시인들이 떠나자 권산은 다시 요리에 집중하며 미나에게 물었다.

"화성의 음식은 입에 좀 맞아?"

"그럭저럭이요. 먹을 만해요. 오빠는요?"

"맛은 뭐… 그래도 인공 배양이나 괴수 사체 조직은 아니니 기분은 훨씬 좋군."

"생각해 보니 그렇네요."

"도서관에서 쓸 만한 정보는 좀 얻었어?"

"그럼요. 번역된 텍스트로 공유할게요."

미나는 오른손을 허공에 휘둘러 권산의 렌즈 화면에 텍스트를 전송했다.

[드워프 종족의 기원] — 역사학자 플라톤 저술.

엘프족의 영원한 우방. 땅과 광물을 사랑하는 지하의 장인. 아스신족의 대장장이인 그들의 고향과 기원에 대해 저술한다.

헬리오스 나인의 여섯 번째 세계인 토성에서 드워프 종이 기원하였다. 그들의 언어로 토성은 니다벨리르라 칭한다.

수명은 삼백 년에 이르는데 황금으로 대표되는 광물에 대한 무한한 탐욕을 가졌다.

드워프의 왕은 드베르그라는 이름을 계승한다. 목성 세계수의 뿌리 중 일부가 토성의 지하로 연결되어 있어서 그 '뿌리의 길'을 통해 엘프 세계의 마법 문명이 드워프 세계에 전파되었다.

드워프족은 엘프 마법학의 여러 갈래 중 마법 부여술을 그들의 세공, 건축, 대장 기술과 융합하여 드워프 특유의 마법 도구 제작술로 발전시켰다. 당금에 와서는 그 분야에 있어서는 엘프족보다 몇 단계는 앞서 있는 수준이라 할 수 있다.

드워프의 천적은 드래곤이다. 드래곤은 수십 세기 동안 천왕성으로부터, 공허하며 어두운 세계 간 바다를 넘어 날아와 대살육을 벌이며 보석과 황금을 약탈해 가기 일쑤였는데 현재는 대(對)드래곤용 메가톤급 결전병기 '거신(Colossus)'의 등장과 함께 전쟁은 소강상태 중이라 전해진다.

엘프들이 창조한 집단 지성체인 미미르는 화성에 투사한 아바타가 유희를 즐길 수 있도록 각종 도구를 화성에 운반할 필요성을 느꼈고, 이 용역을 당대의 드베르그가 받아들임에 따라 드워프는 미미르의 의뢰 용품을 제작하여 화성으로 운반하고, 그 대가로 엘릭서와 목성, 화성의 광물을 얻고 있다.

화성에는 소수의 드워프족이 들어와 활동하고 있는데, 이들은 엘프와는 달리 아바타가 아닌 본신이 직접 우주를 건너 이 땅에 와 있는 것이다.

본 저자는 운이 좋게도 드워프의 우주 배인 '묠니르'를 보았다. 상상할 수 없이 큰 유선형 은빛 동체는 그 끝이 보이지 않았다.

그 크기에 걸맞은 무기만 갖췄다면 드래곤이 떼로 몰려와도 상대가 되지 않을 위용이었다.

본 저자는 이런 궁금증을 가지고 친분이 있던 드워프에게 물었다. 묠니르를 많이 건조하면 오히려 드래곤의 본거지를 공격할 수도 있지 않느냐고.

그의 대답은 거칠었다.

'빌어먹을! 몰니르는 우리 드워프의 작품이 아니야. 핵심인 파동 엔진과 구동 체계는 아스신족이 직접 만들고 나머지만 우리 조상들이 제작했지. 저 동체에 쓰인 무지막지한 양의 미스릴을 제련하느라 죽을 똥 싼 건 사실이지만 알맹이 기술은 모른다 이 말이야. 저 한 대라도 겨우 우리 손에 남아 있는 덕에 엘릭서를 들이부어서 날게는 할 수 있는데 그 이상은 무리라네. 스바탈하임과 니다벨리르를 오가는 것만 해도 감지덕지지.'

…이하 중략…

"놀랍군."

권산은 솔직한 심경을 토로했다. 엘프들의 마법학에 대해 감탄한 것 이상으로 드워프라는 종족을 새롭게 보게 되었다.

"놀랍죠? 드워프는 엘프의 마법 문명을 전수받아 그들의 손재주와 공학 지식을 융합시킨 듯해요. 과학 문명과 상당히 비슷하기도 하고요. 마법 공학이라고 명명하면 적당할 것 같아요."

"그래. 특히 거신과 몰니르라는 물건이 대단한 모양이군."

미나가 고개를 끄덕였다.

"거신으로 상대한다는 드래곤 종이 얼마나 강한지는 모르겠지만 적어도 우주를 유영할 수준의 생물체라면 우주생물학의 새 지평을 열 수 있는 사례가 돼요."

"미나의 전공이 우주생물학이라고 했었지?"

"그래요."

"흥미로운 사례 잘 연구하길 바라. 아스신족이 언급된 다른 서적은 없어?"

"현재까지는 없어요. 이 책을 저술한 플라톤의 타 서적 위주로 먼저 뒤지고 있는데 도서관이 생각보다 규모가 작아요. 사료가 부족하네요."

권산은 잠시 턱을 쓰다듬으며 생각에 잠겼다. 묠니르는 아스신족이 주도하고 드워프가 보조한 합작품이다.

그 말은 아스신족이 우주선을 건조할 만큼의 기술력을 가지고 있다는 뜻이다.

그렇다면 신족은 토성의 토착종이 아닐 확률이 컸다. 신족 중 일부가 토성에 방문하여 우주선 건조에 대한 의뢰를 했다는 게 더 타당성 있는 추론이었다.

'행성 간 이동 수단이 있는 종족이니 꼭 토성에만 들르지는 않았겠지. 어쩌면 지구에 그들의 흔적이 남아 있을 수도 있다.'

권산은 미나에게 자신의 추론을 이야기했고, 미나는 상당히 그럴듯하다고 공감했다.

미나는 렌즈 화면을 조작하여 양자연구소에 아스신족에 대한 지구 쪽 사료를 찾아보라고 메시지를 보냈다.

미나는 식사를 끝내고 다시 왕립 도서관으로 향했다. 권산은 경호를 목적으로 진광과 강철중을 모두 그녀와 함께 보냈다. 매튜를 찾아가기 위해 여관을 나서는데 익숙한 이가 여관 공터에 서 있었다. 권산은 옅은 미소를 지으며 입을 열었다.

"아직도 복수를 할 생각인가? 그런데 어쩌지 지금은 나밖에 없는데."

하논은 딱딱하게 굳은 얼굴로 답했다.

"용무는 당신에게 있어. 저번에 당신이 말한 전신 근육의 힘을 일점 폭발시키는 기술 말이야. 이게 맞는지 꼭 봐줬으면 해."

하논은 자세를 낮추고 정권을 내지르기 위한 자세를 잡았다. 권산은 그런 하논을 지그시 내려다보며 싸늘히 말했다.

"내게 배움을 구하는 모양인데 태도가 영 글러먹었군. 내가 그 기술을 봐주면 넌 내게 무엇을 줄 수 있지? 등가교환의 법칙을 지키고 싶은데 말이야."

하논은 입술을 꾹 깨물었다. 카르타고의 길거리에서 이리 무시를 당할 자신이 아니었다. 길거리의 왕은 아니더라도 왕자 정도 수준의 입지를 구축한 자신이다.

하지만 하논의 뇌리에선 끊임없이 참아내라 명령하고 있었다.

그의 육감은 권산이 앞서 상대한 두 남자와는 차원이 다른 강자라는 것을 감지하고 있었다. 더구나 그의 조언을 통해 새로운 경지를 맛보지 않았던가.

"내… 내게 원하는 게 뭡니까? 나는 길거리 부랑아로 이 몸뚱이 말고는 가진 것도 없습니다."

"그건 말하지 않아도 알겠다. 친구들이 많던데 어디 소속된 곳이 있나?"

"뭐. 카르타고 스트리트 길드에 소속은 되어 있습니다. 나 같은 건달들이 모여서 돈 될 만한 정보도 교환하고 우애도 다지고 뭐 그런 곳이죠."

"인원도 상당히 많겠지?"

"카르타고만 봐서는 수백 명 정도의 수준이지만, 각 왕국 대도시마다 스트리트 길드가 없는 곳은 없죠. 영업 구역만 침범하지 않으면 모두 형제처럼 대해주니 이 모두를 하나의 길드로 본다면 전체 머릿수로는 스트리트 길드가 세계 최대라 할 수 있습니다."

어차피 현지의 협력자를 구해야 하는 권산이었다. 주요 대도시에 모두 퍼져 있는 스트리트 길드라는 곳이 활용하기에 따라 꽤나 쓸 만하게 느껴졌다.

그들의 협조만 얻어낼 수 있으면 각 왕국의 정보를 쉽게 얻어내어 뜻한 바를 원활하게 도모할 수 있을 듯했다.

"좋아. 넌 내가 필요한 것을 줄 수 있을 것 같군. 기술을 펼쳐봐라."

하논은 자세를 낮추고 우수를 말아 쥐더니 크게 진각을 디디며 전방을 짧게 끊어 쳤다.

응축된 근육이 활처럼 펴지고 진각의 강한 디딤이 만들어낸 타이밍에 맞춰 한꺼번에 터져 나왔다. 허공을 가른 우수의 소매 끝이 거칠게 펄럭거렸다.

"어때요? 이게 맞죠?"

권산은 고개를 끄덕이지 않을 수 없었다. 하논이 시전한 것은 놀랍게도 어느 정도 폼이 갖춰진 발경이었다. 자신이 짧게 흘린 정보만으로 발경을 깨닫다니… 하논의 재능은 생각 이상으로 대단한 모양이었다.

"자세와 호흡 조절에 미숙한 부분은 보인다만 기본 틀은 잘 깨달았군. 그 기술은 발경이라고 한다."

"오예, 그럴 줄 알았다니까."

하논은 희색이 만면하여 거만한 표정을 지었다.

권산은 하논이 타고난 무학의 천재임을 알았으나 자만심에 차 있는 모습은 영 마음에 들지 않았다. 아무리 재능이 출중해도 노력하지 않는 무술가는 경지의 벽을 뛰어넘지 못한다.

“너는 발경의 첫 번째 단계를 겨우 맛보았을 뿐이다. 만약 적의 완력이 너보다 월등하고 주먹을 뻗기조차 어려울 만큼 달라붙어서 관절기를 사용하면 어떻게 대응할 것이냐. 지금의 네 발경 수준으로는 1보 이내로 접근한 적을 처리할 수 없다.”

“접근하기 전에 한 방 날리고 회피하면서 한 방 더 날리면 되잖아요.”

“말은 청산유수로군. 직접 경험해 봐라.”

권산은 진광이 그랬던 것처럼 자세를 낮추며 태클을 걸었다. 하논은 민첩하게 발경 동작을 하며 일권을 날렸지만 권산은 보법을 사용해 방위를 연거푸 두 번을 바꾸며 타점을 흐렸다.

하논은 전방에 체중을 밀어 넣는 발경법의 특징 덕에 그 특유의 민첩한 움직임을 구사하지 못했고, 그대로 권산의 태클에 걸려 쓰러졌다.

권산은 지당권에 금나술을 섞어 하논의 팔 관절을 연거푸 꺾었고, 하논은 빠져나오지 못하고 비명을 질렀다.

“크아악! 그만, 그만!”

권산이 관절기를 풀어주자 하논은 꺾였던 왼팔을 매만지며 겨우 자리에서 일어났다.

“지근거리의 상대라도 경을 가할 수 있는 것을 척경, 몸이

밀착된 상태로도 경을 가할 수 있는 것을 분경이라 한다. 정말 네가 제대로 무술을 배울 마음이 있다면 내게 스승의 예를 갖춰라. 무술인이 되면 지금까지 네가 저지른 쓰레기 같은 행위를 참회하고, 사명감을 가지고 살아야 한다. 결정할 텐가?"

하논은 입술을 질끈 깨물었다. 망나니처럼 살아온 십여 년간 자신을 두려워한 이들은 많았지만, 제대로 된 조언을 하는 이는 없었다.

타고난 몸놀림으로 길거리의 왕자로 군림했지만 실전 경험만 가지고는 제대로 수련한 기사와 싸워 이길 수 없다는 것도 알았다.

'언제까지 이대로 살 수는 없다. 한번 내 인생을 맡겨보자.'

하논은 권산이 시키는 대로 아홉 번의 절을 올렸다. 권산을 모시기 위해 스트리트 길드에서 나오겠다고 하자 권산이 만류했다.

"그럴 필요는 없다. 나와 내 일행은 젤란드에 기반이 없다. 네가 스트리트 길드에 있는 게 여러모로 유리해. 나는 너로 하여금 카르타고 스트리트 길드를 접수시키겠다. 그다음은 젤란드 전역의 다른 도시가 순서가 되겠지. 그다음은 다른 왕국과 제국."

하논의 가슴이 두방망이질 쳤다.

젤란드 스트리트 길드의 통일은 역사상 한 번도 이루어진 적이 없다. 강성한 마스터가 나타나 한두 도시를 접수한 적은 있었으나 10개 대도시 모두를 포괄하는 마스터는 나타난 적이 없다. 하물며 젤란드를 넘어서 제국과 왕국 전역을 일통하다니.

'전설에나 회자될 그랜드마스터의 길이 아닌가. 과연 사부님에게 그런 힘이 있을까? 에이 뭘 고민해. 카르타고 마스터만 되도 호의호식할 텐데.'

자신도 모르게 기분이 째지는 하논이었다.

하논이 돌아가고 권산은 러브레이스 남작가로 발걸음을 옮겼다. 왕실 주관 검술 대회에 출전하기 위한 절차를 진행하기 위해서였다.

매튜가 후원에서 자신을 기다리고 있었다.

"어서 오세요. 좋은 소식과 나쁜 소식이 있는데 어떤 것부터 들으시겠습니까?"

"좋은 소식이 좋겠소."

"아버지가 제 출전을 허락하셨어요. 권산 님의 말대로 노바첵 가문의 양자로 제가 들어가더라도 크게 상관없으신 것 같습니다. 원하는 대로 됐는데 조금 서운하긴 하군요. 형님은 네까짓 게 망신이나 당하지 말라고 한 소리 하셨지만 크게 신경 쓰고 싶진 않습니다. 하하"

"어차피 노바첵 영지로 가면 다 해결될 문제가 아니겠소."

매튜는 얼굴에 웃음기를 지우며 고개를 끄덕였다.

"그렇습니다. 이제 나쁜 소식 차례군요. 제가 왕실에 가서 대회 규정을 자세히 살피니 걸리는 점이 있더군요. 일단 서출이긴 해도 저는 귀족이니 지원은 가능합니다만, 대전사의 자격은 작위는 없더라도 기사나 그에 준한 자로 한정하고 있습니다."

권산의 표정이 딱딱하게 굳었다.

자신은 귀족 증서도 없는 데다 기사 서임 역시 받지 않았다. 결격 사유로 판단되었다.

"일이 꼬였군. 시간이 촉박하니 이제 와서 기사 서임을 준비하기도 어렵지 않겠소."

매튜가 갑자기 빙긋 웃었다.

"그건 그렇습니다. 하지만 '그에 준한 자' 라는 문구의 뜻을 잘 해석하면 길이 없진 않아요. 권산 님이 러브레이스 가문의 클리엔테스(Clientes)가 되면 됩니다."

"클리엔테스 말이오?"

의문스러운 권산의 표정을 읽었는지 매튜가 설명을 곁들였다.

"뭐, 다른 말로는 식객이라고 할 수 있는데요. 귀족이 후원하는 평민을 가리키는 말이에요. 클리엔테스는 보호나 후원을 받는 대신 정치적으로나 군사, 경제적으로 귀족이 도움이 필요로 할 때 나서주는 사람들이죠. 제국법에도 명문화되어 있는 제도인데 실상은 평민들 뒤봐주기 귀찮아하는 귀족들 덕에 그리 활성화되지는 않은 실정이죠. 하여간 이 제도를 이용하면 권산 님이 대회에 출전하는 것도 가능합니다."

"러브레이스 가문에 종속되고 싶은 생각은 없소."

"그렇게 강한 구속 관계는 아니에요. 필요하다면 제가 노바첵 가문의 양자가 된 후에 노바첵의 클리엔테스로 바꾸셔도 되고요"

권산은 이해했다는 듯 고개를 끄덕였다.

"그 정도라면 승낙하겠소. 그럼 돌아가서 수련하다가 추수제 때 다시 찾아오지."

"네, 그럼. 클리엔테스 등록부터 해놓겠습니다."

권산은 몸을 돌려 저택을 나갔다.

등 뒤에 제라드 러브레이스의 눈빛이 따갑게 와서 꽂혔다. 영 마음에 들지 않는 눈빛이지만 권산은 신경 쓰지 않고 그대로 정원을 뒤로하고 사라졌다.

*　　　　*　　　　*

추수제 기간까지 남은 10일 동안 미나는 왕립 도서관의 모든 서적을 주파하며 데이터를 축적했다. 권산은 종종 진광과 강철중에게 중국 무술의 기본공이라 할 만한 육합권을 전수했다. 이미 특공무술로 다져진 이들이라 적응이 빨랐다. 또 하루가 멀다 하고 하논이 여관에 찾아왔는데, 권산은 일행에게 진산제자는 아니지만 방계제자로 받아들였다고 설명했다. 하논은 걸거리에서 거칠게 살아와서 버릇이 없긴 했지만 권산의 제자가 된 이후로는 강철중과 진광을 형님으로 깍듯이 대했다.

권산은 하논에게도 육합권을 전수하며 스트리트 길드의 구성에 대해 이런저런 정보를 들었다.

나머지 시간은 홀로 운기조식과 외공 수련으로 몸을 가다듬었다.

“권산 사부, 검술 대회에 달랑 검 한 자루 들고 나가실 거예요? 다른 사람들은 온갖 마법 무구로 휘황찬란하게 치장하고 올 텐데요.”

하논이 왠지 걱정된다는 투로 말하자 권산이 여유 있는 표정으로 응답했다.

“글쎄. 지금까지 경험한 바론 마법 무구의 효과가 그리 대단치 않던데?”

“와. 사부 진짜 뭘 모르시네. 기사들 사이에서 실력이 3할

이고, 템발이 7할이라는 말은 괜한 엄살도 아니고 냉혹한 현실이거든요. 말이 나왔으니 대장간이나 한번 가실까요?"

장거리 여행에 무게를 줄이느라 옵사디움 갑옷을 화성 숙영지에 두고 온 권산이었다. 무기는 무라사키 소검과 중검을 챙겨왔으니 따로 필요하지 않았으나 확실히 갑옷은 생각해 볼 법했다. 다급하면 호신강기와 경기공 등의 기공 방어술을 펼칠 수는 있지만 가급적 내력이 비효율적으로 소모되는 것은 피하는 것이 전투에 유리한 법이다.

"그래. 안내하거라. 가보자."

권산과 하논은 중앙 대로를 지나 대장간이 밀집된 거리로 들어섰다. 열 곳 정도의 대장간이 성업 중이었는데 하논은 가장 큰 대장간으로 들어갔다. '드워프의 모루' 라는 괴상한 이름을 가진 곳이었다.

"어서 오세요."

중년 남성 안내인이 문을 열고 들어서는 둘에게 턱짓으로 인사하다가 권산의 등 뒤로 나타난 하논을 보고 인상을 팍 찡그렸다.

하논이 카르타고에서 쌓아온 악명이 여실히 드러나는 부분이었다.

"아저씨, 너무 그러지 말아요. 오늘은 손님으로 온 거니까. 록스타 영감은 잘 있죠?"

"말버릇 하고는. 록스타 영감님이 네 친구냐?"

"에이. 친하면 허물없고 그렇잖아요."

"됐다. 뒤로 들어가 봐라."

권산과 하논은 검 판매용 진열장을 가로질렀다. 롱소드, 바스타드 소드, 브로드 소드 등 가지각색의 중세 검은 하나같이 정밀한 균형미를 뽐냈다.

대장간의 제련실에는 두꺼운 상반신 근육을 드러낸 장인들이 고로에서 뽑아낸 철괴를 단조하고 있었다.

호흡을 맞춘 장인들이 집게와 망치질을 현란하게 놀리자 깡깡거리는 소음과 함께 철판이 펴졌다. 갑옷의 판금을 만드는 것으로 보였다.

"망치질 압력을 일정하게 주는 게 중요해. 강약보다는 균일성이라고."

장인들의 뒤로 짤막한 키의 노인이 나타났다.

키가 150㎝ 정도로 작았지만 두꺼운 근육과 빽빽이 자라난 흰색 수염이 인상적이었다.

"여어, 록스타 영감."

노인은 고개를 돌려 제련실 입구의 하논을 돌아보았다.

"이게 누구야. 버르장머리는 밥 말아먹은 꼬마 하논이 아닌가?"

"이게 다 영감이 날 어릴 적부터 거칠게 키워서 그런 것 아니오."

말은 삭막한 듯했으나 둘의 대화에서는 정감이 넘쳤다. 아무래도 하논의 어릴 적부터 록스타와 인연이 있었던 모양이다.

권산은 록스타의 외모가 얼마 전 자료에서 본 드워프와 흡사하여 하논에게 슬쩍 물었으나 하논이 고개를 저었다.

"많이들 오해하시는데 록스타 영감은 인간이에요, 사부. 드워프는 엘프 정도는 아니지만 귀가 뾰족하잖아요. 하지만 영감은 둥근 귀죠."

권산은 다시 차분히 록스타를 바라보았다. 키가 작을 뿐 외양은 인간이었다. 하지만 기감에 잡히는 느낌은 그렇지 않았다.

인간은 기본적으로 오행의 기가 균형을 이루고 있지만, 록스타는 토기가 강했다. 자신처럼 기공을 익혀 토기를 높이는 심법을 수련한 게 아니라면 설명되지 않는 부분이다.

'비밀이 있는 모양이군.'

하논은 록스타에게 권산을 소개했다.

"영감, 이쪽은 권산 사부입니다. 제가 얼마 전부터 격투술을 배우고 있죠."

"허우대는 멀쩡한 사람인군. 난 록스타 마일드스톤이다. 보다시피 폭삭 늙어 힘 빠진 늙은이지."

"힘이 빠지시려면 더 오래 사셔야 할 것 같소만. 권산이라 합니다."

권산은 허리를 숙여 록스타와 악수했다. 키가 큰 권산은 록스타의 입장에서는 잔뜩 올려봐야 했기 때문에 셋은 제련실을 나가 테이블에 둘러앉았다.

"난 바쁜 사람이다, 하논. 용건이 뭐냐?"

"여기 권산 사부는 추수제 때 검술 대회에 나갈 예정이야. 그래서 미리 쓸 만한 물건을 좀 사려고 왔어."

록스타가 권산에게 물었다.

"어떤 물건이 필요한가?"

"갑옷을 좀 보려고 합니다. 검은 쓸 만한 게 있으니 필요 없고요."

"갑옷은 종류별로 많이 갖추고 있지. 하논의 지인이니 특별히 내가 골라주겠네. 어떤 갑옷이 맞을지 알려면 전투 스타일을 먼저 알아야 하니 검을 좀 보여주겠나?"

록스타는 권산의 허리춤을 가리켰다. 무라사키 중검의 검집이 로브 끝으로 튀어나와 있었다.

권산은 별말 없이 허리에 찬 중검과 등에 찬 소검을 모두 풀어 테이블 위에 올렸다.

록스타는 차례로 두 검을 모두 뽑아 검신과 검막, 손잡이 등을 차례로 살폈다.

"두 검 모두 한 명의 장인이 만들었군. 꽤 봐줄 만한 실력이야. 무게는 제법 나가는 편이지만 기계처럼 완벽한 밸런스를 가지고 있군. 재질은 탄소강, 검명이 청명하니 합금강이 골고루 잘 배합되었어."

권산은 흠칫 놀라고야 말았다.

그저 오감을 이용해 검을 이렇게 알아낼 수 있는 사람이 몇이나 될까 싶은 것이다.

"하지만, 이 중검은 문제가 있군. 수명이 거의 다해가고 있어. 소검에 비해 많이 사용한 모양이야. 더구나 한 번 검신이 부러져서 보수를 했군. 흠집이나 검날의 손상 방향을 보건대 자네의 검술은 일격필살 계열인 것 같아. 검에 최대한 부담이 적게 가도록 잘 써온 것 같긴 하지만 어지간히 단단한 놈들을 많이 베었군."

권산은 내심 생각했다.

'게오르그 슈미트사에서 대전 중에 부러졌던 것을 알아냈군. 중검의 수명이 다 되었다면 비슷한 사이즈의 검을 하나 구입해 두는 게 좋겠지.'

하논이 끼어들었다.

"권산 사부 실력이 얼마나 대단한데. 그건 당연하다고."

권산이 중검과 소검을 회수하며 말했다.

"그렇다면 검을 먼저 보여주십시오."

"다들 일어나게. 빨리 골라주지."

셋은 자리에서 일어나 입구 초입의 무기 진열대로 갔다.

"그 검과 비슷한 느낌이라면 역시 이 롱소드겠군. 우리 대장간의 주력 제품군은 아닌데 나름대로 꾸준한 놈이야. '그레이 미니언' 이라고 이름을 붙였지."

록스타는 어두운 회색 재질의 롱소드를 한 자루 들어 올렸다. 통상의 디자인보다는 조금 두터운 느낌이 있어서 강한 검식을 전개할 때 유리해 보였다.

권산이 보기에도 그럭저럭 쓰기에는 나쁘지 않았다. 하지만 권산은 이곳 진열대에서 무기를 고르고 싶은 생각은 없었다.

제련실에 들어갔을 때 묘한 기운이 한쪽 방향에서 강하게 느껴졌기 때문이었다.

바로 마법 무구의 기운이었다.

"판매하는 물건은 이곳에 있는 게 전부입니까?"

"그래. 마음에 들지 않는 건가? 그럴 리가 없는데?"

록스타의 표정이 점점 굳어갔다. 카르타고에서 내로라하는 대장장이인 자신의 실력이 무시당했다 여긴 것이다.

"제련실 안쪽 너머 지하에 무구를 보관하고 있는 것 같은데 그건 팔지 않는 물건입니까?"

록스타의 표정이 순식간에 딱딱하게 굳었다. 바로 안색을 회복했지만 권산의 눈썰미를 벗어나진 못했다. 록스타는 짐짓 태연한 듯 입을 열었다.

"응? 우리 대장간 물건은 여기 진열대에 있는 게 전부일세. 갑옷은 바로 옆 공간에 있지. 따로 특별 주문을 받은 것만 몇 개 제련실에 보관하긴 하지만 다른 창고는 없다네. 내 입으로 이런 말하긴 그렇지만 우리 제품은 상당히 잘 팔려서 재고가 쌓이질 않지."

"에이. 더 좋은 게 있으면 좀 보여줘요. 우리 사부가 대회에서 우승하면 영감도 좋은 일 생길걸요."

"에라! 이놈아. 사람 말을 뭘로 알아듣고."

록스타는 밉상으로 끼어드는 하논의 머리를 왼 주먹으로 한 번, 오른 주먹으로 한 번씩 꿀밤을 먹였다.

그러더니 록스타는 뒷짐을 지고 제련실로 들어가며 축객령을 내렸다.

"물건이 맘에 안 들면 하는 수 없지. 다른 대장간에나 가보시게."

하논이 입술을 삐죽거렸다.

"록스타 영감, 갑옷도 안 보여주고 그냥 가라는 거야?"

록스타가 대꾸도 없이 사라지자 하논과 권산은 어쩔 수 없이 대장간을 나왔다. 하논이 다른 대장간이라도 들어가자고 제의했으나 권산은 고개를 저었다.

“오늘은 날이 아닌 것 같다. 다음에 다시 오자.”

하논은 스트리트 길드로 돌아가고 권산은 여관으로 돌아왔다. 일행과 모여 하루 동안 있었던 일을 정리하고 모두가 취침에 들었을 때 권산은 자정이 넘도록 눈을 붙이지 못했다.

‘아직은 이르다.’

하늘에 떠 있는 데이모스와 포브스가 각자의 방 위에서 떠올라 밤하늘의 중심에서 모이자 권산은 침상에서 몸을 일으켜 외출복을 입고 여관을 나섰다.

이데아로 확인하니 새벽 1시 무렵이었다.

카르타고의 야간 치안대가 순찰을 돌고 있었기에 그들의 눈을 피해 낮에 찾았던 ‘드워프의 모루’에 도착한 권산은 건물을 한 바퀴 돌며 뒷문을 찾았다.

예상대로 뒷문은 열려 있었고, 문을 통해 들어가자 록스타가 약한 촛불에 의지해 흔들의자에 앉아서 들어서는 권산을 지켜보고 있었다.

“용케 내 암호를 알아챘군그래.”

“별로 어렵진 않았습니다.”

“어디 한번 해석해 보겠는가?”

권산은 약하게 미소를 지었다.

“왼손 꿀밤은 서에서 뜨는 포브스를, 오른손 꿀밤은 동에서 뜨는 데이모스를 상징하죠. 교차로 한 번씩 꿀밤을 먹인 건

두 개의 달이 겹칠 무렵에 찾아오라는 것이고, 뒷짐을 지고 사라진 건 대장간의 뒷문으로 들어오라는 뜻으로 봤습니다."

록스타가 껄껄거리며 웃었다.

"이렇게 기가 막히게 알아채다니 참으로 영민하군."

"전에 읽었던 제 고향의 고전 속에 마침 비슷한 대목이 있어서 이를 떠올린 것뿐입니다."

"그럼 그 영민한 머리로 나에 대해 얼마나 더 알아냈나? 내 비밀 창고의 존재도 알아챈 것을 보니 보통 인간은 아닌 듯한데 말이야."

권산은 심호흡을 하며 사방의 벽 뒤에서 따갑게 전해져 오는 살기를 자연스레 흘렸다.

제련실에 있던 근육질의 남성들이 이 살기의 주인공들이리라.

"록스타 영감님은 드워프라는 것, 그 비밀 창고는 마법 무구 보관소라는 점, 그리고 지금 벽 뒤에서 나를 노리는 이들의 무력으로는 나를 어찌해 볼 수 없다는 것 정도는 알겠습니다."

록스타는 고개를 절레절레 저었다.

"확실히 보통내기가 아니야. 처음 만날 때부터 느꼈지. 너처럼 강한 포스를 가진 인간은 본 적이 없어. 오리하르콘 검은 없는 것 같지만, 소드마스터를 내 부하들이 제압할 수는 없겠지. 좋네. 서로 간에 목적과 제안할 것이 있다면 털어놔 보게."

록스타가 허공에 손짓을 하자 권산을 향하던 살기가 씻은 듯 사라졌다. 권산은 의자를 끌어와 자리에 앉고 록스타와 시선을 마주쳤다.

"목적이라면 이미 말을 했습니다. 검과 갑옷을 사러 왔다는 것을요. 사실 그게 다였습니다. 하지만 영감님이 드워프라는 것을 알게 된 이상 제안 하나와 묻고 싶은 게 하나 있군요."

"그게 뭔가?"

"먼저 제안은 드워프족의 진정한 친구가 되고 싶다는 점입니다. 저는 드워프족이 흥미로워할 만한 각종 희귀 광물을 수급할 능력이 있습니다. 호의가 필요하다면 원하시는 만큼 선물해 드릴 의향도 있습니다."

록스타가 한 손가락을 관자놀이에 대고 툭툭 두드렸다.

드워프와 친분을 맺고 싶어 하는 인간은 많다.

드워프가 가진 마법 도구 제작술이 탐나기 때문이었다.

그렇기 때문에 화성에 건너온 드워프들은 자신처럼 정체를 숨기고 정착하거나, 한곳에 오래 머물지 못하는 떠돌이 생활을 하는 것이 아닌가?

그나마 엘프들의 땅에 '마인호프'라는 지하 도시가 있긴 하지만 운이 없게도 아케론 지역의 지하 광맥 중 매장량이 큰 곳이 없다.

그러니 별수 없이 타르시스나 발레스 지역에서 각종 광물을 매입해 오는 것이다.

"솔직히 드워프가 모르는 광물을 가져올 수 있을 것 같진 않지만 선물하겠다면 받기는 하겠네."

"빠른 시일 내로 받게 해드리죠. 여담입니다만, 제가 이번에 출전하는 검술 대회에서 우승하면 제 지인이 노바첵 영지를 물려받게 됩니다. 그곳에는 광산이 있다고 하니 광산 개발이나 광물 매매에 록스타 영감께서 참여하는 것도 가능할 것 같군요."

록스타의 관심이 올라가는 것이 확연히 느껴졌다. 권산은 분위기의 흐름을 놓치지 않고 그에게 물었다.

"제가 여행을 시작한 지 얼마 되지 않았는데 몇 번이나 소드마스터 소리를 들었습니다. 대체 소드마스터가 정확히 무슨 뜻인지 좀 알 수 있겠습니까?"

권산은 나름대로 미나가 수집한 왕립 도서관 정보에서 이를 찾으려 했으나 정확히 이를 명기한 서적이 없었다.

그저 이곳에서는 검기를 오러 블레이드라고 부르며 검기를 일으키는 수준의 검사를 소드마스터라 칭한다는 수준의 간접 정보만이 있었다.

"본인이 소드마스터면서 그것도 모르는군. 좋아. 내가 설명해 주지. 내가 나잇살 먹은 만큼 주워들은 건 많거든. 여기 스바탈하임의 인간들 조상이 본래 미드가르드 출신인 건 본인도 잘 알겠지? 100년 전 무슨 방주를 타고 넘어왔다나 어쨌다나. 아무튼, 그 경로로 인간족의 검술법인 리히테나워 검술이 이곳에 전래되었지. 그런대로 포스의 힘을 자각할 정도의 일류 전투술이었던 모양이야. 기사들은 그 검술을 뿌리로 해서 여러 갈래의 검술로 발전을 시켰는데 개중 포스의 힘을 자각하는 기사들도 생겨났지. 이들은 마스터 오브 롱소드라고 불렸고, 시간이 흐르며 소드마스터로 점차 단어가 축약되었지. 그러다 수십 년이 지나 우리 드워프족이 엘프족과 함께 이 세계에 오면서 그 기사들의 손에 오리하르콘 검을 쥐어주었어. 우리 드워프 언어의 발음으로는 오리칼쿰이라고 하는데 토성의 우주 띠에서만 채굴이 가능하기 때문에 우주 배 묠니르를 통해서만 캐낼 수 있는 정말 귀한 청색 금속이야. 이 오리하르콘은 단단하기는 미스릴에 버금가는 데다 포스를 흡수하는 성질이 있어서 잘 제련해서 검으로 만들면 처음에는 검사의 포스를 흡수하다가 한계점 이상이 되면 흡수한 포스 에너지를 토해내게 되지. 이때 오버플로우된 포스가 외부에 발현되는 형상을 보고 사람들이 오러 블레이드라 불렀어. 지금에 와서는 단순히 포스를 자각한 것을 넘어서 오리하르콘 검으로 오러 블레이드를 만들어내는 정도가 되어야 소드마스터로 인정해 주지."

권산은 록스타의 설명을 들으며 이데아를 통해 재빨리 리히테나워라는 단어를 조회했다.

지구 쪽 텍스트 데이터베이스에 관련 자료가 있었다.

[요하네스 리히테나워(Johannes Liechtenauer)]

14세기 독일의 검성, 게르만 검술의 아버지. 유로피언 검술 계보의 시조이며 검술의 극의를 얻기 위해 세계를 여행하며 '그레이트 마스터'의 칭호를 얻었다.

'중세 유럽 쪽에도 대단한 검술가가 있었군. 그의 검술을 전수받은 후예가 미국으로 이주했다가 엑소더스선에 탑승하게 되었고, 그렇게 이 세계에 저 검술이 전래된 모양이구나.'

포스라는 힘은 내공과 같은 의미로 해석되었다.

권산이 익힌 중국 무술의 운기행공과 토납술은 내공을 쌓기 위한 하나의 방법론에 불과했다.

국가와 유파가 상이한 사토 켄신만 하더라도 천상어검류의 수련법과 명상을 통해 내공을 쌓았고, 이를 통해 검기상인의 경지에 올라 있는 것이다.

리히테나워 검술의 내공축기의 원리는 자세히 알 길이 없으나 록스타의 말에서 얻은 정보로는 포스 응집에는 그럭저럭 효용이 있으나 이를 신체 내부에서 의지에 맞게 움직이는 기공술은 별로 발달하지 않은 듯했다.

그저 오리하르콘 금속이 강제로 몸에서 포스를 인출해 내고 이 특징을 역이용해 오러 블레이드를 만들어낸다는 점이 권산이 익힌 기공술과의 차이점이었다.

"혹시 포스와 마나가 같은 뜻입니까?"

"이거 정말 뭘 모르는군. 본질적으로 포스는 마나와 같은 힘이야. 다만 외부 대기에 골고루 퍼져 있는 것은 마나라 부르고, 이 마나를 흡수해 몸 안에 가둬두고 있는 것은 포스라 부르지. 마법사들은 주문을 통한 정신파로 외부 마나를 컨트롤해서 자신이 심장에 새긴 마력서클을 통해 공명시키지. 그래서 마법 시전 횟수는 정신력에 제한을 받지만, 만약 정신력이 무제한이라면 대기의 마나를 무제한으로 끌어들여 무한한 횟수로 마법을 시전할 수 있겠지. 하지만 포스는 달라. 소모된 포스는 관성력에 의해 자동으로 대기에서 흡수되긴 하지만 시간이 오래 걸리지. 그러니 딱 쌓아놓은 포스만큼만 오러 블레이드를 펼칠 수 있고 말이야."

권산은 마나가 전기와 비슷하다는 생각을 했다. 22세기가 된 현재까지도 전기에너지의 저장 불가성은 여전했다. 반드시 발전과 동시에 소모를 해야 했다.

마법도 이와 비슷하게 마법사의 몸을 통해 마나가 이동하며 서클의 증폭을 받아 마법 현상이 발현되지만 원리 자체는 전기에너지처럼 즉시성을 띈다.

하지만 포스의 경우, 전기에너지가 축전지에 화학에너지로 변환, 저장되는 것처럼 에너지 보존 자체는 가능하지만 물리적 용량의 한계가 있다. 때문에 포스는 빠르고 간편하게 쓸 수는 있지만 에너지 절대량은 대기 중 마나를 끌어다 쓰는 마법에 미치지 못한다.

"이제야 명확히 이해가 되는군요. 록스타 영감님의 포스도 만만치 않은 것을 보니 보통 실력자가 아니군요?"

"얼치기 기사 서넛 정도는 망치로 골을 깨부술 정도는 되지. 자! 무구나 얼른 보고 가게나."

록스타는 제련실 후미진 곳에 있는 바닥을 열어젖혔다.

축축한 지하의 냄새가 날 것 같았지만 오히려 청량한 바람과 적절하게 건조한 공기가 느껴졌다.

이 지하실은 최적의 환경에서 무구를 보관하기 위한 마법의 힘이 가미된 모양이었다.

권산은 록스타를 따라 깊은 지하까지 계단을 내려갔다.

그러자 50평에 달하는 공간에 조명석이 켜지며 층층이 진열되어 있는 무구들이 차례로 모습을 드러내었다.

하나같이 광택이 번쩍거리고 세공의 수준이 놀라워서 전투용이 아니라 의전용으로 보일 지경이었다.

'휘황찬란하군. 수백 개도 넘겠어.'

"자네가 플로린이 얼마나 있는지 모르지만, 행색을 봐서는 이 중에 한 개도 제대로 살 수 없을 테지. 하논과의 오랜 의리를 봐서 딱 두 개만 그냥 주겠네. 한번 골라보게."

권산은 차분히 진열장으로 걸어갔다.

'검은 역시 손에 익은 사이즈로.'

권산은 중검과 비슷한 길이의 롱소드 계열을 차분하게 살폈다.

모든 검들의 가드 중앙에는 푸른 수정이 박혀 있었는데 바로 모든 마법 도구의 특징이라 할 수 있는 마나 베슬이 그것이었다.

이 수정에 마나를 저장해서 고유의 시동 주문인 음성 명령이 들어오면 기능이 발현되는 식이었다.

권산이 처음 러브레이스 남매를 만났을 때 느꼈던 이질적인 기운의 정체는 바로 이 마나 베슬이었다.

손을 뻗어 수정을 만지자 미약한 마나만이 느껴졌다. 아직 본격적으로 사용하기 전이라 제대로 충전이 되어 있지 않은 모양이었다.

권산은 붉은 검신을 가진 검을 한 자루 뽑아 이리저리 허공에 대고 휘둘러 보았다.

무게감, 밸런스, 보검이 갖는 특유의 예기 등 어느 것 하나

빠지지 않는 예술적인 검이었다.

"아이언 플레어라는 작품이다. 마나를 충전하면 불꽃을 뿜어내지. 최대 출력은 3서클 파이어볼에 버금가지만 적에게 입히는 피해는 훨씬 치명적이야. 다만 그런 식으로 써서는 금방 부러지고 말걸세. 그걸 고를 텐가?"

권산은 검에 내공을 천천히 주입해 보았다.

마치 금고를 여는 숙련된 도둑처럼 음양오행의 기운을 가지각색으로 조합하며 시도하자 수정이 약간 빛을 낸다 싶더니 검신에서 화르륵 불꽃이 솟구쳤다.

내공의 양을 늘릴수록 불꽃은 점점 압축되며 뜨겁게 변색되었다.

다시 내공의 양을 줄이자 언제 그랬냐는 듯 불꽃은 사라지며 검신은 금세 냉각되었다.

'최소 20년분의 내공은 주입해야 쓸 만한 공격력이 나오겠군. 흡수하는 내공의 양에 비해 공격력 면에서 검기보다 비효율적이야.'

록스타는 잠시 얼이 빠진 표정을 짓다가 급히 표정을 수습하며 외쳤다.

"자네 어떻게 한 건가? 마나 베슬에 충전도 안 되어 있는데다 시동어도 안 외치고 마법 검을 구동시키다니?"

"그저 제 포스를 검의 파장에 맞춰 주입하니 동작을 하는군요."

"허허! 포스로 마법 검을 구동시키다니 이럴 수가 있는가? 그렇다면 자네는 모든 마법 도구를, 엘릭서 충전도 하지 않은 채 본신의 포스만으로 구동시킬 수 있다는 말이군. 그 어떤 소드마스터도 불가능한 기예인데 내 눈으로 보았으니 안 믿을 수도 없고, 이것 참."

록스타 본인도 오래전 드워프의 비전을 통해 포스를 깨닫고 오리하르콘으로 오러 블레이드를 만들어내는 경지에 올라 있었지만, 기껏 가능한 포스의 수발은 오리하르콘이 흡수하는 포스의 양을 조절하고 차단하는 수준이었다.

마법 무구에 포스를 능동적으로 주입하는 기술도 없거니와 무구의 고유 파장을 찾는 능력도 없었다.

'정말 갈수록 수수께끼인 인간이군.'

권산이 아이언 플레어를 진열장에 내려놓자 록스타가 아차 하는 표정으로 설명했다.

"이 세계에 있는 드워프제 모든 마법 무구에는 디텍트 매직이 설정돼 있다네. 엘프들 유희하는 데 용역으로 왔기 때문에 미미르가 원하는 옵션은 필수로 넣어둔 것이지. 인간들도 뭐 활용할 수 있으니 한번 사용해 보게."

권산은 록스타가 가르쳐 준 대로 디텍트 매직의 인간 쪽 시동어를 외쳤다.

그러자 마치 홀로그램과 같은 반투명한 녹색 사각 평면이 허공에 떠올랐다.

'마치 증강 현실 화면과도 흡사하군.'

[아이언 플레어(Iron Flair)]

종류: 롱소드

등급: 레어

내구도: 30/30

레벨 제한: 30

마나 저장: 10

물리 공격력: +130

마법 공격력: +200

공격 속성 화(火)
파이어 블레이드 Lv3 Max
아이언 플레어의 뜨거운 맛을 모르지는 않겠지?
— 록스타 마일드스톤 —

권산은 마지막 문구를 읽고는 자신도 모르게 웃음이 나왔다. 록스타가 넣었음이 분명한 문구의 익살스러움 때문이었다.

엘프의 유희 시스템에 대해 어떤 면에서는 지구에서 유행하는 게임과도 닮아 있다는 생각이 들었다.

게임 속에서도 아이템에 따라 저런 등급과 정보를 매기지 않던가.

"공격 마법 외에는 없습니까?"

"오호라. 보통 무기에는 강력한 마법을 새기는 걸 선호하는데 자네는 취향이 특이하군."

록스타는 안쪽 깊숙한 진열장으로 걸어가 그곳을 가리켰다.

"공격 마법이 아닌 건 딱 세 자루인데 디텍트 매직으로 살펴보고 골라도 좋네."

권산은 각각의 정보를 열어보고는 중앙에 있는 흑색 롱소드를 집어 올렸다.

[블랙 그래비티(Black Gravity)]

종류: 롱소드

등급: 레어

내구도: 50/50

레벨 제한: 40

마나 저장: 10

물리 공격력: +150

마법 공격력: 0

공격 속성 무(無)

중량 증가 Lv3 Max

스트랭스 마법 무구가 없다면 손목이 나갈 걸세, 검사여!

— 록스타 마일드스톤 —

마법의 힘으로 검의 무게를 늘릴 수 있다는 건 곧 파괴력의 증가를 의미한다.

자칫 잘못 다루면 손목뿐 아니라 팔이 부러질 수도 있겠지만 그건 권산과 같이 숙련된 고수에게는 통용되지 않는 말이었다.

"이걸로 고르겠습니다."

"어지간히 무지막지한 놈으로 골랐군. 내가 만들긴 했지만 그걸 제대로 다루는 사람은 본 적이 없어. 그러니 팔리지 않고 창고에 썩고 있는 거지. 가져가게."

둘은 갑옷 진열장 쪽으로 이동했다. 화려한 세공과 멋진 기능성을 가진 여러 판금 갑옷이 많이 있었다.

권산은 한눈에 봐도 가장 화려하며 값비싸 보이는 전신 갑옷의 정보를 열었다.

[거친 사나이의 바나듐강 갑옷]
종류: 풀 플레이트 아머
등급: 레어
내구도: 500/500
레벨 제한: 50
마나 저장: 70
물리 방어력: +550
마법 방어력: +100

디펜스 버프 Lv3 Max
반경 2미터 내의 동료들에게 버프를 걸 수 있지. 혹시 적에게 버프를 준 건 아니겠지?
— 록스타 마일드스톤 —

"이게 맘에 드나? 확실히 이곳 창고에 있는 작품 중에는 수준급이긴 하지."

그 외에 몇 가지 갑옷을 더 봤지만 특별히 마음에 드는 것은 없었다.

"이렇게 육중한 갑옷은 나와는 맞지 않습니다. 급소만 보호하는 갑옷은 없습니까?"

"음, 겉보기에는 이래도 기본적으로 경량화 기술이 쓰여서 그렇게 무겁진 않네만, 뭐 간단한 부위만 보호하는 것도 있네. 재미 삼아 만든 엄심갑을 하나 보여주지."

록스타는 진열대에서 양쪽 어깨의 견정혈에서 심장까지를 보호하는 금색 판금을 하나 꺼내었다.

일상적으로 착용해도 무리가 없을 만큼 얇고 가벼운 데다 늑골 부위만 보호해서 활동성도 문제가 없어 보였다.

갑옷의 중심에는 예의 수정이 자리하고 있었다.

"디택트 매직."

[심장을 막는 골디움 속갑옷]

종류: 엄심갑

등급: 레어

내구도: 100/100

레벨 제한: 50

마나 저장: 20

물리 방어력: +150

마법 방어력: +200

스펠 브레이커 Lv1 Max

마나만 풀 충전 하면 하루 종일이라도 마법이 유지되니 상태 이상 마법에 대해서는 안심해도 좋아.

"스펠 브레이커 마법이 어떤 겁니까?"

"주변에 퍼져 있는 마나에 인위적인 파장을 일으키는 마법이야. 마법사들이 마법 발현을 위해 마나 흐름을 읽어내는 데 아주 방해가 되지. 특히 착용자의 정신을 목표로 하는 상태 이상 마법은 마력 투사체가 워낙 민감해서 스펠 브레이커 마법에 족족 걸리게 되지. 뭐 그 정도일세."

권산은 고개를 끄덕였다.

이것이 자신에게는 적격이었다. 물리적인 갑옷의 방어력은 어지간해서는 자신의 호신강기에 미치지 못한다. 하지만 현재로서는 마법 방어력이 전무한 이상 눈에 보이지 않는 상태 이상 계열을 회피할 수단이 있어야 하는데 이 갑옷이 적격이었다.

이는 과거에 음양사 켄의 정신 감응에 제대로 대처하지 못한 뒤 갖게 된 정신계 공격에 대한 경계심이었다.

권산은 두 가지 마법 무구를 챙기고 록스타에게 거듭 감사의 인사를 한 뒤 숙소로 돌아왔다.

록스타가 호언장담한 대로 마법 무구는 공짜로 받아 왔지만 권산은 이것이 투자 성격의 선물인 것 정도는 알고 있었다.

정체불명의 소드마스터와 인연을 맺어두는 그 나름의 방식인 것으로 보였다.

그와의 약속인 희귀 광물 선물을 위해 권산은 홍련에게 메일을 보냈다.

괴수로부터 얻을 수 있는 희귀 광물에 대한 샘플을 최대한 많이 구해서 양자연구소를 통해 보내달라는 내용이었다.

이제 준비는 갖춰졌다.

추수제는 곧 다가왔고, 카르타고는 축제 분위기에 휩싸였다.

2장
추수제

추수제 기간이 되자 카르타고는 갖가지 조형물이 들어서고 간이 시장이 열리면서 축제 분위기로 변했다.

지방 영주들이 다수의 시종과 병사, 세곡을 실은 수레를 끌고 성문을 통과 할 때마다 퍼레이드를 축하하는 나팔 소리가 울리며 축포가 터졌다.

권산 일행은 매튜와 합류해 왕궁과 가까운 원형 경기장에 들어섰다. 이미 대대적인 홍보가 있었던지라 많은 인파가 경기장을 메우고 있었다.

중앙의 상석은 귀족들을 위해 마련되었고. 층층이 나뉜 계단식 좌석에는 평민들 수천 명이 앉아서 조만간 벌어질 왕실 주관 검술 대회를 지켜보고 있었다.

상석에서 젤란드의 국왕을 대리하여 노엄 공작이 나서서 개회사를 읽었다.

직접 손을 휘저어 신호를 보내자 연무장 주변으로 왕실 문양을 수놓은 깃발이 세워지며 나팔 소리가 울렸다. 이는 검술 대회의 개막 신호였다.

"조금 늦었군요. 빨리 대기실로 갑시다."

매튜는 안내인에게 물어 대기실로 들어갔다. 그곳에는 오늘 출전하기 위해 대기 중인 기사들과 그 종자들이 무기와 갑옷을 매만지며 눈알을 번뜩이고 있었다.

"저쪽이 비었군요."

권산이 한쪽을 가리켰고, 매튜, 권산, 미나, 강철중, 진광이 그쪽에 자리를 잡고 앉았다.

"매튜, 이번에 출전하는 기사들은 좀 파악했소?"

"네, 16개 가문이 참가를 신청했는데 신경 쓸 만한 실력을 가진 기사는 모두 둘이 있습니다. 먼저 저 번쩍거리는 전신 갑옷을 입은 기사가 바로 그중 첫 번째인 앨버트 경이죠. 안타레스 백작가의 대전사인데 앨버트 경의 검술보다는 저 갑옷이 아주 골칫거리입니다. 앱솔루트 배리어 마법이 걸려서 오러 블레이드도 몇 번은 막아줄 수 있는 드워프제 무구죠. 결정적인 순간에 그 마법을 사용할 테니 반격을 조심해야 합니다."

"또 다른 사람은 누구요?"

"저기 저 흉갑에 검은 장미 문양이 그려진 기사가 요즘 무서운 성장세에 있는 모건 후작가의 대전사입니다. 모건 후작이 이 대회를 위해 제국의 기사를 한 명 영입했다는 소문이 돌았는데 바로 저자인 모양입니다. 저 검은 장미는 제국의 유명한 검술회인 로즈 시큐리티의 고유 표식인데 아무래도 소드마스터일 확률이 높습니다."

권산이 보기에도 앨버트보다는 저 장미 흉갑의 사내가 훨씬 위협적으로 느껴졌다. 고도로 단련된 신체는 물론 자연스레 흘러나오는 기도가 절정고수급으로 느껴졌다.

'소드마스터는 맞는 것 같군.'

대회가 시작하자 속속 호명된 가문의 기사들이 대전장으로 올라갔다. 권산으로서는 이 세계 기사들의 무술이 어떤 모습일지 살펴볼 좋은 기회였다.

'갑옷을 이용한 신체 공격과 검술의 융화가 제법이군. 그런대로 유로피언 검술도 초식 면에서는 상당히 쓸 만해 보이는군. 숙련도는 더 쌓아야겠지만.'

두 기사들는 각자의 무구에 걸린 마법의 힘을 끌어내며 혼신의 힘을 다해 격돌했다. 좌측에 있는 청색 갑주 기사의 마법 무구가 더 좋았는지 그는 민첩성을 높이는 마법을 몸에 걸고 빠른 검격으로 상대의 갑옷을 쪼개며 어깨를 베어냈다.

파각!

"크아악!"

쇠가 튀고 어깨에 검이 박히자 상대는 왼손을 치켜들어 패배를 선언했다. 승리한 기사는 검을 번쩍 들어 올리며 승리를 환호했고, 관중석은 우레와 같은 함성으로 가득 차올랐다.

장내는 패배한 기사의 갑옷 틈새로 빠져나온 피로 범벅이 되었고, 종자들이 그를 부축하여 빼내자 준비 중인 마법사들이 그에게 치유 마법을 행사했다.

권산은 고개를 돌려 매튜를 바라보며 물었다.

"저 마법사들은 아무래도 저쪽 기사의 가문에서 보낸 것 같은데 우리 쪽도 준비된 치유 법사가 있소?"

"그게 저… 실은 없습니다. 알아보기는 했지만 다른 쪽 가문에서 엄청난 거액을 주고 카르타고의 치유 법사들을 초빙해 버려서 그만……."

"음… 중상을 입으면 그대로 끝이겠군."

"죄송합니다."

권산은 매튜에게 손사래를 치고 다시 경기장에 집중했다. 이미 경기장의 피는 흙으로 덮여 말끔히 치워져 있었다.

지금 들어서는 두 명의 기사 중에 권산의 눈길을 끄는 이가 있었다. 대기실에서는 못 본 호리호리한 전신 갑주의 기사였는데 직감적으로 여자라는 느낌을 받았다.

오른손에는 찌르기에 적합한 레이피어를, 왼손에는 방패 대용으로 쓰는 짧은 망고슈를 들었다.

대결이 시작되고 초반의 탐색전이 끝나자마자 여기사는 상대를 화려한 쌍검술로 압도했다.

상대 기사는 간간이 반격을 했으나 번번이 망고슈의 짧은 검신을 뚫지 못하고 연거푸 막혔다. 악에 받친 기사는 마법검을 발동시켰다. 그의 검이 불길에 휩싸이며 뜨거운 열기가 뿜어지자 일순 흐름이 뒤바뀌는 듯했다.

"하앗!"

여기사의 부츠에서 빛이 뿜어지며 그녀는 뒤로 공중제비를 돌았다. 무거운 갑옷이라고는 믿을 수 없는 놀라운 높이였다. 동시에 레이피어를 허공에 긋자 공기가 찢어지는 소음과 함께 충격파가 날아가 상대 기사를 날려 버렸다.

기사는 갑옷의 전면이 깨져 나가며 비명과 함께 10미터 뒤로 날아가 축 늘어졌다.

"매튜, 저건 무슨 마법이오?"

"베큠웨이브로 보이는군요. 저 마법은 검술과 상성이 좋아서 구하는 기사들은 많지만 풀린 마법 검은 많지 않다고 들었습니다."

"저 기사의 이름이 나와 있소?"

"블레어 백작가의 제인 블레어라는 여기사네요. 블레어 가문에 어릴 적부터 검술에 발군의 재능을 보인 백작 영애가 있다는 소문은 들은 바 있었지만, 과장이라 여겼는데 아무래도 과소평가했던 모양입니다."

장내가 정리되자 다음 차례로 마침내 러브레이스 남작가가 호명되었다.

권산은 새롭게 얻은 블랙 그래비티와 엄심갑만을 착용한 채 경기장에 걸어 나갔다. 관중들은 기사라고는 보기 힘든 가벼운 차림의 권산을 보고 웅성거렸다. 어디선가 클리엔테스라는 단어도 몇 차례 들려왔다.

진행자는 상대 가문 역시 호명했다.

"러브레이스 남작가의 대전사는 이번 왕실 주관 검술 대회 유일의 클리엔테스군요. 상대는 안타레스 백작가의 앨버트 경입니다. 레이디 퍼스트의 기사도를 숭배하는 기사 중의 기사, 광휘의 기사 앨버트 경입니다."

앨버트가 대기실에서 나타나자 관중들의 우레와 같은 함성이 쏟아졌다.

우람한 체구 전신에 반질반질한 은색 광택의 갑옷을 입고 걸어오니 그 위용이 마치 천상의 신장이 강림한 듯 위압적이었다.

특히 귀족 여성들이 휘파람을 불며 그의 이름을 연호했

다. 권산은 대기실에서 본 그의 얼굴이 꽤나 미남자임을 기억해 냈다. 아무래도 수도의 화류계에서는 제법 유명 인사인 듯했다.

검을 뽑아 허공에 긋는 것으로 인사를 대신하고 둘은 3미터 간격을 두고 마주섰다.

권산은 블랙 그래비티를 실전에서 쓰는 것은 처음이기 때문에 적응 차원에서 가볍게 탐색전을 벌일 참이었다.

어깨 쪽의 빈틈을 열어주자 앨버트의 바스타드 소드가 매섭게 파고들었다. 중량감이 있는 양손 검을 풍차처럼 휘둘러오는 솜씨가 그럭저럭 수련은 한 모양이었다.

'착의 수법으로.'

권산은 상대의 검면에 검을 붙이고 그 힘의 결에 따라 방향을 밀어서 중심을 흩뜨렸다. 가벼운 보법으로 측면으로 회피하자 앨버트는 타점을 잃고 엉거주춤한 모양새로 겨우 중심을 잡았다.

그 우스꽝스러운 모습에 관중석에서 폭소가 쏟아졌다.

"우하하하! 저게 뭐야!"

"그 광휘의 기사가 맞긴 맞는 거야?"

앨버트는 분기가 솟구쳐 거듭 검술을 펼쳤으나 권산이 발휘하는 착의 수법에 거듭 당할 뿐이었다.

이성의 끈을 놓을 정도로 화가 머리끝까지 오른 앨버트는 거친 욕설을 내뱉었다.

"이런 비겁한 놈. 정정당당하게 붙자."

점점 앨버트의 검술 동작이 커지고 빈틈이 노출되자 권산의 검에 갑옷을 연거푸 격타당했다.

쩡쩡 하는 둔탁한 쇳소리가 울려 퍼지자 앨버트는 전초전임에도 불구하고 마법 검의 시동어를 외쳤다.

"일루젼 소드."

그의 바스타드 소드의 잔상이 하나둘 허공에 찍히며 순식간에 10개로 불어났다.

'십검분화는 환검의 높은 경지인데 마법의 힘으로 저리 쉽게 흉내 내는군.'

권산은 블랙 그래비티에 내공을 주입해 중량 증가 마법을 발동시켰다. 동시에 검신이 손상되지 않도록 검기를 둘렀다. 권산의 검에서 푸르스름한 검기가 솟구쳐 나오자 이를 알아본 관중들이 '오러 블레이드'를 외치며 자리에서 벌떡 일어섰다.

"칫! 제길 소드마스터였나."

앨버트는 마음속에 불안감이 솟구쳤으나 이미 쏘아진 화살이었다. 200kg까지 중량이 올라간 블랙 그래비티가 큰 호선을 그리며 일루젼 소드를 하나하나 파괴한 뒤 앨버트의 흉갑 부위로 쏘아져 들어오자 앨버트는 비릿한 미소를 지으며 시동어를 외쳤다.

"앱솔루트 배리어."

그의 갑옷에 광휘가 더욱 밝아지더니 우윳빛 보호막이 갑옷 표면에 올라왔고, 동시에 권산의 검이 흉갑에 떨어졌다.

콰앙!

과연 앱솔루트 배리어가 오러 블레이드도 막아준다는 것은 사실인 모양이었다. 권산은 의외로 강한 반발력에 검기가 소멸된 것을 알았지만 검을 거둬들이지 않았다. 검기가 소멸했다고 해서 중량 증가가 영향을 주지 못할 리 없었다.

앨버트는 앱솔루트 배리어만 믿고 곧바로 반격을 하려 했으나 흉갑에서 전해지는 가공할 역도에 가슴이 진탕하며 그의 육중한 체구가 뒤로 튕겨 나갔다.

권산이 따라붙으며 거듭 검을 전개해 갑옷을 때려대자 앱솔루트 배리어가 몇 차례는 막았지만 마지막 일검에 갑옷이 움푹 파이며 뒤로 쓰러졌다.

앱솔루트 배리어를 무시하고 물리력으로 때려대는 무식하고도 과감한 전술에 허점을 찔린 것이다.

"크윽, 졌다."

"잘 싸웠소."

소드마스터의 사기적인 기술인 오러 블레이드에 당한 것도 아니었다. 그야말로 강 대 강의 대결에서 힘 싸움으로 밀렸으니 할 말이 없었다.

"와! 광휘의 기사가 쓰러졌다."

"소드마스터다."

"러브레이스 가문 최고다!"

관중들은 그저 클리엔테스로 소개된 권산의 이름을 몰라 러브레이스 가문을 연호했다.

대기실로 돌아온 권산에게 미나는 수고했다고 격려의 말을 전했고, 다른 대기자들이 보내는 따가운 눈총을 피해 자리로 돌아갔다.

"저자가 계속 봅니다."

강철중의 말에 돌아보니 모건 후작가의 흑기사가 자신을 보고 있었다. 같은 소드마스터로서 느끼는 호승심, 적개심이 여지없이 드러나는 눈빛이었다.

"눈빛만큼 실력도 있겠지."

뒤이어 벌어진 대결에 흑기사가 출전했다. 권산은 그의 이름을 진행자에게 전해 듣게 되었다.

"모건 후작가의 무서운 대전사가 드디어 나타났습니다. 검은 장미를 가슴에 새긴 흑기사, 그의 비밀스러운 이름은 데스먼드 데커 경입니다. 여러분, 제국의 로즈 시큐리티의 검술이 얼마나 뛰어난지 잘 보아주시길 바랍니다."

데스먼드 데커의 상대는 별다른 특징이 없는 거구의 기사였다. 방패로 상반신의 절반을 방어한 채 수비적인 검술을 펼쳤으나 검막을 활용한 데스먼드의 반격기에 몇 차례 걸리더니 무릎관절이 베이고는 경기를 포기했다.

'허점을 잘 파악하는군.'

4차례 경기가 더 벌어졌으나 화려한 마법 무구의 사용이 몇 차례 있었을 뿐 주목할 만큼 검술이 뛰어난 자는 없었다.

그렇게 16강 대전이 끝나고 1시간 뒤에 8강 대전이 열린다는 통보가 왔다.

"권산 님 식사를 하고 오시죠?"

"그게 좋겠소."

모두는 경기장을 벗어나 가장 가까운 식당에서 가볍게 요기하며 대화를 나눴다.

매튜가 먼저 관람 평에 대해 입을 열었다.

"데스먼드 경의 상대가 약해서 그가 실력을 제대로 낸 것은 아니지만, 느낌상 가장 위험할 듯하고, 그다음으로는 제인 블레어가 요주의라 할 만하겠더군요. 그녀와 거리를 두고 싸웠다가는 베큠웨이브의 원거리 공격에 당할 수 있겠습니다. 권산 님 보시기에는 어떤가요?"

"내 생각도 비슷하오. 데스먼드의 검은 오리하르콘 재질로 보이는데 가드에 수정이 없는 걸 봐서는 마법 검은 아니오. 검 대 검의 정공법으로 승부를 볼 수 있는 스타일이지. 그러나 제인은 검술의 정교함도 놀랍고, 특히 왼손에 뜬 망고슈에 무슨 마법이 이식되어 있을지 모르기 때문에 더욱 조심스럽게 상대해야 할 것 같소."

다들 제인의 모습을 상기했다. 분명히 짧은 방어용 단검인 망고슈에도 수정은 붙어 있었다. 아직 노출되지 않은 비장의 한 수가 튀어나올 터였다.

"권산 오빠가 위험해지면 내가 육각 실드를 사용할게요."

미나의 제안에 권산은 고개를 저었다. 마법에 익숙하지 않은 점은 있으나 마법 무구의 공능이 자신을 위협할 수준은 아니라 여기기 때문이다.

요기를 마친 일행이 다시 경기장에 돌아오자 8강전이 개시되었다.

오전에는 대기실에 없던 제인 블레어도 투구를 벗고 대기실에 들어와 있었는데 타오르는 듯한 적발에 태양에 그을린 갈색 피부와 붉은 입술이 매력적인 미녀였다.

운이 좋은 것인지 경계하던 이들이 모두 대진에서 엇갈렸고, 권산은 자신의 상대가 된 기사와 제법 오랫동안 검식을 교환하며 나이트 검술에 대한 경험을 쌓았다.

힘을 강하게 주어 상대의 손에서 검을 튕겨내자 더 이상의 대결이 의미가 없다는 것을 인장한 기사가 항복하는 것으로 권산은 4강에 진출했다.

그렇게 최종 4강전에는 첫 대전을 치른 푸른 갑옷의 레트 경과 데스먼드, 제인, 권산이 남게 되었다. 진행자가 호명하는 순서에 의해 먼저 데스먼드와 레트의 대결이 벌어졌고, 처음으로 데스먼드가 오리하르콘 검을 이용한 오러 블레이드를 뽑어내며 레트를 연거푸 몰아세우더니 갑옷을 거의 박살 내고서야 승리를 얻어냈다.

데스먼드의 검기는 맑고 청명한 푸른 검기가 아니라 뭔가 불순물이 있는 듯 투명하지 못한 흑청색 검기였다. 하지만 외형적으로나, 베었을 때 보이는 파괴력으로나 검기임에는 분명해 보였다.

'저것이 오러 블레이드구나. 인정하고 싶진 않지만 여러 면에서 검기와 비슷하군. 경지를 깨닫지도 못한 이들이 오리하르콘의 힘을 빌어 검기를 발하다니, 무술의 사조들이 보자면 혀를 찰 일이로구나.'

러브레이스 가문이 호명되자 권산이 경기장에 나섰고, 그를 알아본 관중들이 어디서 들었는지 권산의 이름을 외쳤다. 그 함성에 공기가 떠는 듯한 진동이 심장과 공명을 맞추었다.

준결승 상대인 제인 블레어가 경기장에 나타났고, 그녀는 검을 허공에 긋는 기수식을 취하고는 투구를 내려 썼다. 특유의 쌍검술을 구사하기 위해 좌수의 망고슈는 앞으로 향하고, 우수의 레이피어는 허리 뒤로 당겨 언제든 찌를 수 있게끔 여유를 두었다.

초원에 납작 엎드린 맹수와 같은 살기가 권산의 코끝을 간질였다.

'조금 어울려 볼까.'

권산은 검첨을 명치 높이로 세우고 방어적인 자세로 조금씩 거리를 좁혔다. 네 발짝 정도로 다가섰을 때 제인의 망고슈가 삽시간에 권산의 검 끝을 밀어내었고, 동시에 레이피어가 빛살처럼 뿜어져 복부를 노렸다.

갑옷으로 방어가 안 되는 부위였다.

권산은 검을 끌어당기며 검면을 이용해 레이피어의 날카로운 공격을 방어했다.

채앵!

요란한 쇳소리와 함께 레이피어가 막히자 제인은 예상했다는 듯 레이피어를 회수하고 다시 찌르기 동작에 들어갔다.

'펜싱처럼 빠르군.'

나이트 검술에 견문이 짧은 권산이 보기에도 찌르기에 대한 숙련도가 대단했다. 최단시간에 급소를 찔러 치명적인 대미지를 주는 실전 검술이라 할 만했다.

"무시무시하군."

권산은 철룡벽의 수비식을 검술로 응용하여 허리 위쪽으로 쏘아지는 빛살들을 막아냈다. 그러면서 제인의 자세를 무너뜨리기 위해 강하게 진각을 굴러 땅을 흔들었다.

쿠웅!

반경 5미터의 땅이 들썩이며 진동하자 순간 제인은 리듬을 놓치고 비틀거렸고, 그때부터 공격의 주도권이 권산에게 넘어갔다.

권산이 용살검법의 전반식부터 차분히 전개하자 처음에는 쌍검의 모용을 이용해 어찌어찌 수비를 했지만 점점 초식이 현묘해지고, 속도가 빨라지자 제인은 이를 악물며 거의 눕듯이 몸을 젖히고, 뒤로 점프했다.

'헤르메스의 부츠, 너만 믿겠어.'

제인은 1차전에서 놀라운 도약력으로 관중을 깜짝 놀라게 만들었는데 모두 점프력을 증강시켜 주는 이 마법 무구 덕이었다. 권산은 이형보로 바로 따라붙으려다가 그녀의 망고슈에서 빛이 뿜어지자 잠시 멈칫하며 측면으로 보법을 전개했다.

무엇이 시전될지 알 수가 없었기에 일단 타점을 흐리는 것이다. 망고슈는 크게 호선을 그리며 날아오르더니 더욱 빠른 속도로 정수리를 쪼개왔다.

"헛! 비검술."

놀랍긴 했으나 눈에 보이는 이상 막아내지 못할 것도 없었다.

가볍게 검을 휘둘러 튕겨내자 '챙' 하는 소음과 함께 망고슈가 튕겨 나가는 듯했다. 그러나 망고슈는 마치 스스로의 의지를 가진 듯 허공에서 덜컥 멈추더니 다시금 권산의 뒤통수를 노리고 쏘아졌다.

'이건 전설의 경지인 이기어검이 아닌가?'

검수가 공간상으로 이격된 검에 의지와 기공을 불어넣어 자유자재로 조종하며, 심지어는 검수가 신경을 쓰지 않더라도 사전에 주입한 의식에 맞게 스스로 움직이는 귀신 붙은 검술이 바로 이기어검술이라 한다.

화경의 마지막 단계에서나 가능한 최상승 절예검술이 제인이라는 여기사에 의해 펼쳐진 것이다.

권산이 다시금 망고슈를 튕겨냈지만, 망고슈는 다시 허공에서 자세를 잡고 날아들었다. 이 찰나에 제인은 무너진 자세를 일으켜 세웠고, 레이피어로 전면의 베며 '베큠웨이브'의 시동어를 외쳤다.

쿠아앙!

공기가 찢어지는 듯한 소음과 함께 아지랑이와 같은 충격파가 덮쳐 왔다.

"나왔군."

권산은 이것을 기다리고 있었다. 이제껏 마법 검이 만들어 내는 공격 마법 중에 베큠웨이브보다 더 강한 것은 보지 못했고, 이에 용살검법이 어디까지 대적할 수 있을지 가늠해 보고 싶었기 때문이다.

권산은 몸을 반 바퀴 돌리며 내공을 실은 뒤돌려 차기로 뒤통수를 노리던 망고슈를 걷어차 경기장 멀리 날려 버리고 그 탄력으로 반 바퀴를 더 돌며 검을 허공이 내리그었다.

'초살참.'

스팟!

권산의 검에서 뿜어진 푸른 초승달은 날아드는 충격파를 수직으로 양분했고, 힘을 잃은 충격파가 좌우로 흩어지며 먼지구름을 일으켰다.

관중석에서는 일순간 경기장의 모습이 먼지구름 속으로 사라지자 대결이 어떻게 되었는지 궁금하여 웅성거리며 자리에서 일어났다.

먼지가 걷힌 뒤 나타난 장내의 풍경은 무방비로 레이피어를 늘어뜨린 제인의 목에 권산이 검기가 깃든 검을 겨누고 있는 모습이었다.

갑옷을 입고는 있었지만 오러 블레이드 앞에서 큰 의미가 있지는 않았다.

승자가 곧바로 결정되었다.

"치열한 대결이었습니다. 여러분, 이번 대결의 승자는 러브레이스 가문의 클리엔테스입니다. 제인 블레어 경이 베큠웨이브와 플라잉 오브젝트 마법 무구를 사용했음에도 소드마스터의 오러 블레이드를 넘어서진 못했군요."

제인은 투구를 올리고 분한 듯 권산을 쏘아보았다.

그녀가 땅에 떨어진 망고슈를 들고 사라지자 수행원으로 보이는 시종들이 안절부절못하며 그녀의 뒤를 따라 경기장 밖으로 사라졌다.

'성격이 있는 아가씨로군.'

진행자가 30분 휴식 후에 결승전을 치르겠다고 통보해 오자 권산은 대기실에 들어가 가볍게 토납을 하며 정신을 가다듬었다.

이미 대기실에는 같이 결승전에 진출한 흑기사 데스먼드 데커 경 외에는 아무도 없었다.

저벅저벅!

데스먼드는 살기 띤 눈빛을 발하며 권산에게 걸어와 지그시 오만한 눈초리로 내려 보았다.

"기사 작위가 없는 소드마스터라니. 참 모를 일이야. 어떤 계파 쪽이냐? 피오레? 볼로네스?"

데스먼드의 입에서 각 왕국의 유명한 검술회 이름이 튀어나왔지만 권산은 시큰둥한 표정으로 허리를 펴며 여유 있게 응수했다.

"나는 그런 계파는 모르오. 다만 내 검술을 상대해 보면 몹시 생소할 것이라는 것 정도는 말해주겠소."

"무례한 평민 놈. 넌 경기장을 살아서 벗어나진 못할 것이다. 로즈 시큐리트의 명예를 걸고 약속하지. 네 피를 한 방울도 남기지 않고 경기장에 뿌려주겠다."

데스먼드는 살기를 풀풀 풍기며 자신의 자리로 돌아갔다.

천성적으로 승부욕이 강하며 타인을 짓밟기를 즐겨하는 잔혹한 성품의 소유자 같았다.

이런 자가 무술사에 종종 등장하곤 하는데 타고난 집념이 강해 빠른 성취를 얻지만 그 말로가 평안한 경우는 없다고 봐도 좋았다.

'내게 향한 칼만큼 돌려주면 그뿐.'

강철중은 흉흉한 분위기를 풍기고 간 데스먼드를 걱정스러운 눈빛으로 바라보았다.

권산이 질 거란 생각은 눈곱만치도 들지 않았다.

권산에게 무자비한 살수를 썼다가는 죽어나가는 건 본인이 될 것이라는 걸 모르니 측은해 보이는 것이다.

30분 뒤 마침내 결승전의 막이 오르자 관중석은 그야말로 인산인해 그 자체였고, 귀족들이 자리한 상석에는 지금껏 모습을 드러내지 않았던 젤란드 국왕을 위시한 왕족들이 자리해 있었다.

이를 보며 매튜가 작은 톤으로 권산에게 귓속말을 건넸다.

"국왕 폐하께선 아마도 검술 대회의 우승은 당연히 소드마스터를 내보낸 모건 후작가로 여기셨을 겁니다. 한데 새로운 소드마스터인 권산 님이 나타나자 급히 관전을 하러 온 모양입니다. 아마도 우승하신 뒤에 왕실로부터 작위와 함께 기사단 영입 제안을 직접 할 것 같군요."

"귀찮게 됐군. 뭐 좋은 방법이 없겠소?"

"제 가문의 클리엔테스라고 주장해도 일개 남작가가 왕실의 제안을 거절할 만큼의 핑계거리가 되지 못합니다. 그런 제안이 오면 차라리 왕실 입장에서 수용이 불가능할 만한 역제안을 해보시는 건 어떨까요?"

"음… 괜찮은 생각이오."

권산은 매튜와 미나, 강철중, 진광을 한 번씩 보며 눈을 마주쳤다.

"이기고 올게."

"오빠, 다치지 말고 금방 끝내세요."

"단장, 살살하십시오."

"크하하, 단장, 기왕 이길 거 화끈하게 한판 보여주십시오."

권산이 손짓을 하고 경기장에 나가자 진행자의 호들갑스러운 멘트가 함께했다.

"이번 대회의 폭풍의 핵. 그 누가 남작가의 클리엔테스가 소드마스터라고 생각이나 했겠습니까? 놀라운 실력으로 블레어 가문을 꺾고 결승에 진출한 러브레이스 가문의 다크호스를 소개합니다.”

관중들의 박수와 환호가 경기장이 떠나가라 울려 퍼지고 진행자가 데스먼드에 대한 소개까지 마치자 나팔 소리와 함께 경기가 시작되었다.

처음에는 거리를 둔 채 측보를 통해 경기장을 빙빙 돌며 서로를 견제했다.

첫 수는 데스먼드가 시작했다.

그의 검이 깔끔한 궤적을 그리며 목젖을 베어 왔고, 권산은 한 발 뒤로 물러나며 검을 위로 쳐올렸다.

데스먼드는 예상했다는 듯이 빠르게 검신을 끌어당기며 이번에는 몸통을 팔 자 형태로 휘돌리며 연속으로 두 번 베어냈다.

권산은 태산압정의 초식으로 수직 베기를 하며 데스먼드의 수평 베기를 동시에 밀어냈다.

거친 쇳소리가 ‘따땅’ 하며 울렸다. 데스먼드의 공격은 끝이 아니었다.

초식이 파훼되었음에도 권산의 다리를 향해 킥을 날리며 몸을 반 바퀴 돌리더니 검을 수직으로 베어 올렸다.

킥은 속임수였고, 이에 현혹된 상대가 어설픈 반격을 가하면 이 카운터에 맞게 되는 기술이었다.

권산이 섣불리 접근하지 않는 바람에 데스먼드의 의도와는 다르게 걸려들지 않았다. 둘은 계속 격돌했고, 주로 공격은 데스먼드가, 방어는 권산이 하는 식이었다.

그의 초식은 거친 듯하면서도 공수일체의 동작이었기 때문에 빈틈이 없었고, 방어 동작을 하면 곧바로 그 역도를 역이용한 반격기를 숨기고 있어서 하나같이 날카롭기 그지없었다.

'확실히 초식의 형(形) 면에서는 실전적으로 빼어난 면이 있다. 다만 포스를 활용한 신체 강화에 대한 내공술이 없어서 초식의 모용을 극한으로 뽑아내지는 못하고 있군.'

의외로 경기가 호각지세로 전개되자 제법 눈요깃거리가 되는지 관중석은 더욱더 환호의 도가니로 변모했다.

경기가 중반에 이르자 데스먼드가 먼저 오러 블레이드를 뽑아냈고, 이어서 권산이 검기를 발출하자 이내 경기장은 번쩍거리는 두 개의 빛이 충돌하는 스파크로 인해 환하게 밝혀졌다.

콰직!

쩌정!

"미친한 놈이 제법이야. 내 검을 이 정도까지 받아 내다니."

데스먼드가 맞부딪친 검을 밀어내며 권산에게 연거푸 오러 블레이드를 뿌려대었다.

권산은 어렵지 않게 방어하거나 튕기면서 가볍게 화답했다.

"누가 더 위인지 슬슬 느낌이 오실 텐데."

데스먼드는 입술을 깨물며 오리하르콘 검이 흡수하는 포스 제한을 완전히 풀어버렸다. 그야말로 전력으로 포스를 주입하는 것이다.

데스먼드의 오러 블레이드가 크게 팽창하며 1미터가 넘게 넘실거렸다.

그 화려한 색감에 관중석에서 감탄사가 흘러나왔다. 소드 마스터의 기예를 볼 수 있는 찬스는 그리 흔치 않았다.

데스먼드는 살광이 번뜩이는 눈으로 권산을 직시했다.

"그만 죽어라. 미친한 놈."

데스먼드는 그의 성명 절기라 할 수 있는 나인크로스를 시전했다.

아홉 번의 검로을 한 호흡 안에 베어내어 상대가 빠져나갈 구석도 없이 오러 블레이드로 난도질하는 기술이었다.

검로를 보건대 목과 사지가 먼저 절단되고 몸통은 4조각으로 나뉠 터였다.

'정공법으로 간다.'

권산은 기공을 끌어 올려 십자파황검을 시전했다.

단 두 번의 칼질로 뭉뚝하고 폭이 넓은 십자검기가 펼쳐졌고, 두 기술은 정면으로 충돌해 요란한 섬광과 함께 공기를 찢어발겼다.

관중들은 밝은 빛을 피해 잠시 고개를 돌렸고, 뒤이어 들려온 것은 찢어지는 듯한 데스먼드의 비명이었다.

데스먼드의 나인크로스는 온데간데없이 소멸했고, 십자검기는 데스먼드의 갑옷에 작렬해 그를 밀고 10미터나 더 진행하여 경기장 외벽에 박아버린 것이다.

데스먼드의 갑옷은 완전히 파편으로 부스러졌고, 틈새마다 피가 흘러내려 그가 절명했음을 보여주었다.

비참한 모습이었지만, 광분한 관중들은 희열을 느끼며 연신 러브레이스를 연호했다.

모건 후작가의 사람들이 나타나며 데스먼드의 시신을 수습했고, 진행자가 재빨리 나서서 이 대회의 승자가 결정되었음을 선언했다.

"이번 추수제의 하이라이트인 왕실 주관 검술 토너먼트의 최종 우승자는 러브레이스 가문의……."

진행자가 잠시 말을 끊고 다가와 권산에게 슬쩍 물었다.

"이름이 어떻게 됩니까?"

"권산이오."

"러브레이스 가문의 클리엔테스인 권산 경입니다. 이로써 왕실 주관 검술 대회를 마칩니다. 관람석 분들은 모두 퇴장하셔도 좋습니다."

권산이 대기실로 돌아가자 모건 후작가의 사람들로 보이는 자들이 흉흉한 분위기를 풍기며 권산을 쏘아보고 있었다.

그에 권산 일행들은 한편으로 물러나 그자들을 경계하고 있었다.

"모건 후작가의 대전사를 죽이고 이대로 무사하리라 생각하지 마라. 반드시 복수하겠다."

"능력이 있다면 얼마든지."

그들이 떠나고 나자 파리한 안색의 매튜가 권산에게 다가왔다.

"모건 후작가의 귀중한 소드마스터를 죽였으니 원한을 사게 되었습니다. 꼭 죽이실 필요까지야……."

권산은 고개를 가로저었다.

"데스먼드를 살린 채로 제압하는 것도 가능은 했지만, 매튜 당신을 위해 죽였소. 그자의 성향상 패배를 쉬이 인정하지 않을 테고 언제고 우리에게 보복을 하려고 했을 테니 말이오. 기왕 싸울 바에는 상대편에 소드마스터가 없는 편이 낫지 않겠소?"

"그거야 그렇지만… 일이 복잡하게 된 것은 틀림없군요. 노바첵 영지를 인계받는 대로 영지 방어책부터 강구해야 할 듯싶습니다. 역시 쉬운 일은 없군요."

검술 대회가 끝나자 관중들이 썰물처럼 빠져나가고 오직 상석의 귀족들만 경기장에 남았다.

수 분 뒤 주최 측에서 권산과 매튜를 호명하자 둘은 상석으로 올라갔다.

그곳에 준비된 연단에는 국왕을 위시한 왕족이 중심에, 이하 귀족들이 좌우로 도열해 있었다.

권산은 그중 낯이 익은 한 인물을 발견하고는 살짝 묵례를 했다.

그는 붉은 사암 기사단의 단장인 제퍼슨이었다. 그 역시 권산을 보며 알 듯 모를 듯한 미소를 띠고 있었다.

일전에 받은 붉은 사암 기사단으로의 영입 제안에 대해 답변하라는 무언의 제스처였다.

권산은 역시 미소로 답하고 매튜의 뒤에 서서 국왕의 앞까지 걸어갔다.

백발에 사람 좋은 인상을 가진 라트로 국왕은 위엄 있는 목소리로 입을 열었다.

"러브레이스 남작가가 소드마스터급 검사를 휘하에 두고 있는 줄은 몰랐구나. 젤란드 국왕의 이름으로 러브레이스 가문의 우승을 축하하며, 노바첵 영지는 그대가 승계하여 관리하는 것으로 결정하겠다."

"국왕 폐하의 은덕에 감사드립니다."

매튜가 고개를 조아리며 신하의 예를 갖추었다. 이번에는 라트로의 시선이 권산을 향했다.

"놀라운 실력의 검사여. 그대는 기사 서임은 받았느냐?"

권산이 살짝 한 발 앞으로 나서며 대답했다.

"저는 일개 클리엔테스로 평민입니다. 아직 기사 서임은 받지 못했습니다."

"오호라. 그렇다면 우리 왕가에서 직접 기사 서임을 함과 동시에 작위를 내리고 싶은데 어떠한가? 그대의 실력이라면 왕가를 수호하는 근위기사단이 되기에 부족함이 없다. 혹여 달리 원하는 바가 있으면 말해보라."

과연 예상대로 회유책이 들어왔다.

권산은 결심을 굳히고는 허리를 펴며 당당하게 기세를 내뿜었다.

"국왕 폐하께는 송구스러우나 저는 북방의 개척촌 출신으로 젤란드의 백성이 아닙니다. 외국인이라 할 수 있는 저를 휘하에 두려면 최소한 공작의 작위는 주셔야 합니다. 가능하십니까?"

"저런 무례한."

"공작의 작위라니."

"평민 주제에 어느 안전이라고."

귀족들은 앞다투어 권산의 무례함에 대해 성토했다.

개중에 젤란드의 유일한 공작이라 할 수 있는 노엄 공작은 오히려 흥미롭다는 표정으로 권산을 바라보았다.

그는 젤란드가 보유한 5명의 소드마스터 중 가장 노익장으로 젊은 무인이 가진 치기를 잘 알고 있기에 가능한 일이었다.

'진정한 상대를 만나면 금세 한계를 알게 되겠지.'

국왕은 손을 들어 격분한 귀족들을 진정시키고, 다시 권산을 바라보았다.

"공작의 작위라… 소드마스터가 귀한 인재이긴 하나 왕국에 세운 공도 없이 그리 파격적인 대우는 해줄 수 없다. 6 대왕국은 통상 백작의 작위로 소드마스터를 우대하니 겸손을 알고 백작의 작위로 수긍함이 좋을 것이다."

권산 역시 물러서지 않았다.

"저는 검술을 아직 완성하지 못했습니다. 일국의 공작으로서 높은 권위와 인정 속에 출발하지 못할 바에야 남작가의 클리엔테스로 검술을 더 갈고닦는 쪽을 택하겠습니다, 국왕 폐하."

계속된 권산의 무례에 국왕의 뒤에 시립한 근위기사단장이 화가 머리끝까지 솟구쳐서 대노했다.

"이런 천둥벌거숭이를 봤나. 우승자고 뭐고 내 손에 죽어봐라."

평소 다혈질로 유명한 길버트 후작이었다. 그 역시 한 명의 소드마스터로 객관적인 평가로는 늙은 노엄 공작보다 한 수 위의 실력을 가졌다고 평가받는 이였다.

길버트가 황소와 같은 기세로 돌진하며 폭풍 같은 검초로 뿌려오자 권산은 매튜를 한쪽으로 밀치고 이형보를 발휘해 3보 뒤로 물러났다.

길버트는 검 끝에 권산의 잔상이 걸리는 것을 보았다.

손끝에 베는 감각이 전해져 오지 않자 뭔가 이상함을 느끼고 급히 검을 회수하며 방어 동작에 들어갔다.

하나 이미 때는 늦어서 권산이 그의 품 안으로 달려든 후였다.

'헙! 간격을 잃었다.'

그 찰나에 길버트는 무수한 실전을 통해 단련된 정신으로 갑옷에 걸린 아이스 실드의 시동어를 외쳤다.

동시에 권산의 주먹으로부터 황금빛 광채가 터져 나왔다.

'통천권.'

쩨재쟁!

"크아악!"

갑옷의 표면에 하늘빛 냉기가 금속처럼 단단하게 뭉쳤으나 통천권 한 방에 모두 부서져 나가며 길버트를 멀찍이 날려 버렸다.

또한 특유의 침투경에 길버트의 갈비뼈가 서너 대는 부러져서 그는 쓰러진 채 피거품을 토해내었다.

"커억! 컥!"

"뭣들 하는 거냐! 단장님을 치료하고 저 무도한 자를 제압하라."

근위기사단의 부단장이 명령을 내리자 치유 법사들이 달려들어 길버트에게 치유 마법을 시전했고, 수십 명의 근위기사들이 권산을 포위했다.

권산은 전력으로 용살기공을 끌어 올렸다.

머리카락이 솟구치고 두 눈에서는 푸른색 뇌전과 같은 번갯불이 아른거렸다.

호흡을 할 때마다 푸른색 연무와 같은 아지랑이가 토해지자 바라보는 왕족들과 귀족, 심지어는 근위기사단까지도 사색이 되었다.

소드마스터가 대단한 무위를 지니기는 했으나 저렇게 무시무시한 기운을 내뿜는다는 것은 들어본 적이 없었다.

노엄 공작의 뇌리에 순간적으로 '그랜드마스터'라는 단어가 스쳤고, 즉시 라트로 국왕에게 귓속말을 건넸다.

"폐하, 수습하셔야 합니다. 아무래도 저자는 소드마스터보다 더 높은 경지인 그랜드마스터인 듯합니다. 근위기사단 전력으로는 오히려 우리 쪽이 당할 수 있습니다."

"공작이 합세해도 그렇소?"

"송구스럽게도 그렇습니다."

라트로 국왕은 정신이 번쩍 드는 것을 느꼈다. 정말로 그랜드마스터라면 공작의 작위를 요구하는 것도 무리는 아니라는 생각이 든 것이다.

그 역시 제국과 키프록탄에 총 4명이 존재한다는 그랜드마스터의 이야기는 들은 바가 있었다.

훨씬 형태가 뚜렷한 오러 블레이드를 뿜어내며, 그 빛으로 모든 것을 파괴하고, 홀로 1천 명을 죽일 수 있다는 최강의 기사가 바로 그랜드마스터인 것이다.

특히나 4명의 그랜드마스터들은 모두 5 대 군장의 주인들이었다.

그 정도의 실력자가 젤란드의 품 안에 날아들었는데 잠깐의 실책으로 기회를 날릴 수 없었다.

"모두 멈춰라. 근위기사단은 검을 거두고 자리로 돌아가라."

"하오나, 폐하."

"어서!"

라트로는 수염이 푸들거릴 정도로 격노하며 거듭 명했다.

근위기사들이 울분을 삼키며 왕족의 주변으로 돌아가자 라트로는 직접 나서서 권산에게 말했다.

"확실히 허언이라 볼 수 없는 실력임을 인정하겠다. 길버트 후작이 기습적으로 선공을 했으니 기사도에 의거해 정당방위로 인정하여 그를 상해한 죄를 묻지 않겠다. 너는 러브레이스 가문의 클리엔테스이고, 러브레이스 가문은 내 신하이니 너 역시 내 신하임을 부정할 수 없다. 추후 다시금 사람을 보낼 테니 왕실의 제안을 들어보도록 하라."

라트로 국왕이 등을 돌리며 사라지고, 그 뒤를 왕비가, 그 뒤를 일리아나 공주가 연이어 뒤따라갔다.

백금발을 치렁치렁하게 늘어뜨린 흰 피부의 공주는 묘한 눈빛으로 권산을 응시하다가 장내에서 사라졌다.

분위기가 묘했다.

매튜는 권산의 손을 잡아끌고 상석에서 내려와 대회의 부상인 상금과 팬텀 아머라는 아티팩트를 수령했다.

과연 소문대로 거대한 흑마의 형상을 한 판금의 말이었다. 세심하게도 팬텀 아머의 마나 베슬에는 엘릭서가 가득 충전되어 있었다.

"권산 님, 완전히 저질러 버렸네요. 권산 님이 뿜어낸 신위가 하도 가공해서 일이 어떻게 수습되긴 했지만, 모욕당했다고 여기는 귀족들이 가만있지 않을 텐데 걱정입니다. 일개 남작가인 제 가문에서 보호해 주지도 못할 테고요."

"일이 이렇게 되어 미안하오. 하지만 큰 걱정은 안 해도 될 것 같소. 대화가 통할 만한 사람을 알게 됐거든."

"그게 누구입니까?"

권산은 빙긋 웃었다.

“노엄 공작. 그자만은 내 경지를 꽤 뚫어본 모양이니 그쪽 줄에 서면 우리가 다른 귀족들에게 핍박받을 일은 없을 것이오.”

3장
노바첵 영지

수도에서의 다사다난했던 추수제를 뒤로하고 권산 일행과 매튜, 클로라는 노바첵 영지를 향해 떠났다. 마차를 하나 구매해서 탑승하니 그런대로 편안한 여행길이었다.

마차의 뒤로는 권산이 새롭게 얻은 팬텀 아머에 올라타서 그럭저럭 리듬에 맞춰 따라오고 있었다. 살아 있는 말 특유의 역동적인 마상술은 당연히 불가능했지만 단순 주행에는 마법 종자의 움직임 정도도 쓸 만했다.

영지의 초입에 이르자 권산은 렌즈 화면을 조작하며 이데아를 호출했다.

“이데아, 지금까지 이동한 경로를 위성 지도에 펼쳐줘.”

―네, 주인.

화성 숙영지에서 동남쪽으로 10일간 이동한 뒤 아그라 마을로 갔고, 다시 남서쪽으로 7일을 더 걸어서 수도인 카르타고로 이동했다. 그곳에서 다시 정북 쪽으로 5일 거리에 노바첵 영지가 위치해 있었다.

―화성 숙영지 입장에서 보면 거의 정남향 13일 거리에 노바첵 영지가 있네요. 숙영지와 노바첵 영지 사이에 다른 인간의 거주지는 목격되지 않았어요. 지형적으로 평원과 산맥, 협곡이 있고 그 가운데 실피르 강이라는 중간 크기의 강이 화성 숙영지 인근에서 노바첵 영지까지 흐르는데 몬스터 출몰이 잦은 구역을 관통하기 때문에 미개발된 지역으로 보이고요.

“저 실피르 강을 개척해서 화성 숙영지와 노바첵 영지 간에 수상 루트를 확보해야겠군. 고속정이라면 하루, 수송선이면 삼 일 정도로 이동 시간을 단축할 수 있겠어. 예상대로 노바첵 영지의 입지는 상당히 좋아.”

―맞아요. 제 생각도 그래요. 다만 화성 숙영지에서 실피르 강의 상류까지 5㎞ 정도 황무지가 있는데 그 구간은 어찌 하실 거죠?

“지도를 확대해 보겠어?”

이데아가 해상도를 높이며 축척을 줄이고 숙영지에서 실피르 강까지의 직선거리를 녹색 가상 선을 그려서 표시했다.

"숙영지의 분지 출구부터 동남쪽으로 5㎞로군. 겨우 저 거리 때문에 지상 이동 수단을 따로 마련하긴 어려워. 운하를 파는 게 효율적이겠다. 이데아."

—와! 주인은 역시 발상이 좋은데요. 그런데 운하를 파려면 중장비도 필요하고 시간이 많이 걸릴 텐데요.

"그럴 시간 없어. 폭약을 매설해서 폭 10m 깊이 2m 정도만 파면 돼. 폭약만 충분하면 일주일이면 완성할 수 있지."

권산은 팬텀 아머를 몰아 마차 옆에 붙으며 창문을 툭툭 두드렸다. 미나가 빼꼼이 고개를 내밀었다.

"무슨 일이에요?"

"노바첵 영지와 화성 숙영지를 연결하는 계획을 구상했는데 좀 봐주겠어?"

"그래요, 보내주세요."

권산이 현재 보고 있는 렌즈 화면을 공유했다. 실피르 강을 통한 수상 루트 확보와 화성 숙영지에서 실피르 강의 상류까지 운하를 파겠다는 계획이었다.

"놀라운 생각인데요. 그럼 운하를 파는 건 용병단이 하는 건가요?"

"그래. 투견에게 맡기면 될 거야."

“그럼 저는 수상 운송에 필요한 소형 고속정과 수송선을 진성그룹에 요청할게요. 양자터널을 통과하려면 분해를 좀 해야겠지만, 그 정도는 통과시킬 수 있을 거예요.”

“그래, 부탁해.”

권산은 화성 숙영지에서 주둔 중인 투견에게 연락해서 운하 건설을 지시했다. 폭약은 아무리 많이 써도 좋으니 최단시간에 준공하라는 요청이었다. 또한 실피르 강을 따라서 200㎞ 정도 남하하며 몬스터 군락지와 위험 요소 정찰을 명했다. 제대로 화기를 쓸 수 없으니 적극적인 접촉을 회피하고 필요시 점프팩을 통해 퇴각하라는 지시였다.

‘노바첵 영지에 용병 사무소를 세우고 용병단을 모집해야겠군. 강철중과 진광에게 일임하면 되겠지.’

권산이 상념에 잠겨 있는 사이 마침내 노바첵 영지가 모습을 드러내었다. 지형적으로는 서쪽에 암석산을 끼고 동쪽에 실피르 강을 휘돌아가는 고립된 지역이었다. 폭 5미터의 석조 다리 하나가 남쪽으로부터 강의 이쪽과 저편을 연결시키고 있었다. 강이라는 천혜의 방어선이 있기 때문에 다리 저편에 목책과 관문, 망루를 세워 몬스터로부터 방어를 하는 모습이었다.

가장 깊숙한 곳에는 석조로 건축된 4층 높이의 영주성이 보였다.

"매튜 남작, 나와보시겠소?"

권산이 마차 문을 두드리며 말하자 일행은 모두 마차 바깥으로 나와서 높은 지대에서 영지를 내려다보았다. 특히 러브레이스 가문의 서출로 온갖 수모를 당하며 성장했고, 권산과의 인연을 통해 운명처럼 작위와 영지를 얻은 매튜의 감회는 남달랐다.

"이곳이다, 클로라. 이곳이 너와 내가 노바첵의 성을 받고 살아갈 땅이다. 영지를 보거라. 일개 남작령이지만 농지도 넓고 광산도 개발되어 수천 명은 능히 살아갈 수 있는 땅이다."

클로라 역시 감격했는지 두 눈에 눈물을 글썽였다.

"열심히 살아요, 오라버니."

권산은 매튜의 옆으로 걸어가서 둘이 세월의 감상을 즐길 동안 기다린 다음 입을 열었다.

"매튜 남작, 영지에 들어가기 전에 조언 하나와 부탁이 있소."

"무엇입니까, 권산 님."

"저만한 영지를 관리하자면 가신들이 많이 필요할 것이오. 일단 노바첵 가문의 가신들을 흡수하게 될 테지만, 누구를 믿을 수 있고, 누구를 버려야 하는지 초반에 골라내야 할 것이오. 내가 스트리트 길드를 통해 가름 노바첵 남작의 죽음에 대해 좀 알아봤는데 확실히 미심쩍은 구석이 많았소. 몬스터와의 싸움 중에 급사를 했다고 알려졌지만, 실은 몬스터에 의해 부상을 입고 죽은 게 아니라 몬스터 방어전 이후에 수면을 취하던 중 원인 불명으로 죽었다고 하오. 나이도 많았고, 방어전 중에 과로를 해서 죽었을 수도 있겠지만, 이 부분에 대해 조사는 꼭 해봐야 할 것이오."

"그런 내막이 있었군요. 알겠습니다. 영지의 인수를 접수하는 대로 그 부분을 명확히 밝혀야겠군요. 만약 타살이라면 가신들 중에 배신자가 있을 수도 있으니까요."

"그렇소. 배 속에 품은 칼만큼 무서운 건 없지. 영지가 안정화될 때까지는 나와 내 일행이 남작 일가의 신변을 지킬 것이고, 영지의 경비대를 장악한 이후라도 믿을 수 있는 자들로 추려 그들이 남작의 주변을 지키게 하시오."

매튜는 감탄했다는 표정으로 거듭 고개를 끄덕였다.

"정말 옳은 조언이십니다. 염치 불고하고 기회가 되신다면 전대 영주의 죽음도 꼭 좀 알아봐 주십시오. 앞으로 제가 행동하기에는 많은 제약이 있을 듯싶습니다. 그건 그렇고, 부탁이라면 어떤 것입니까?"

"내가 살던 개척촌의 주민들 중 다수가 젤란드로 이주하고 싶어 하오. 나와 여기 일행이 일종의 선발대인 셈이오. 우리는 용병단의 형태로 이 영지에 사무소를 세울 계획이라 적당히 외지면서도 넓은 땅이 필요한데 제공해 줄 수 있겠소?"

"저렇게 땅이 넓은데 그 정도는 어렵지 않은 부탁입니다. 영지 사정을 파악하는 대로 적당한 곳을 드리겠습니다. 합법적으로 얼마든지 가능한 부분입니다."

"용병단의 이름은 아르고 용병단이오. 저 영지에 들어갔을 때 우리 일행을 아르고 용병단으로 소개하면 될 것이오."

일행이 경사지를 내려가 영지로 진입하는 다리 앞까지 가자 경비병들이 초소에서 나오며 일행을 제지했다. 매튜가 국왕이 친필로 작성하고 인장까지 찍은 임명서를 보여주자 경비병들은 혼비백산하여 영지에 연락을 취했고, 다리를 건너 관문을 통과해 영주성에 이를 때까지 일사천리로 통과되었다.

"잘 오셨습니다, 매튜 노바첵 영주님. 수도에서 전갈은 받았습니다. 저는 노바첵 가문의 집사이자 영주 대리를 수행 중인 안골드입니다."

"반갑다, 안골드 집사. 이쪽은 내 동생인 클로라. 이쪽은 내 호위인 아르고 용병단이다."

안골드는 마른 체구의 중년인이었는데 짧게 자란 콧수염에 속을 알 수 없는 눈웃음이 그다지 좋은 인상을 주는 사내는 아니었다.

권산은 용병단을 대표해서 그와 악수를 나눴다. 안골드는 매튜에게 영주성의 지리를 설명해 주겠다고 했고, 권산은 그 자리에서 강철중과 진광을 매튜의 호위로 붙이고 자신과 미나는 영지의 지형 정찰을 한다는 명목으로 빠져나왔다.

영주성을 나서자 권산을 알아본 경비병들이 거듭 경례를 건네었다.

“저 아저씨 인상 별론데요. 오빠 생각은요?”

“썩 좋진 않군. 그래도 사람을 인상으로만 평가할 순 없지.”

둘은 발길이 닿는 대로 영지의 이곳저곳을 누비며 다채로운 건축물의 모습과 풍경을 눈에 익혔다.

영주성 입구에는 넓은 광장이 있었고 광장의 주변은 시가지로 3층 높이의 목조 건물이 제법 있었다. 실피르 강으로 다가갈수록 1층짜리 목조 건물과 흙 담으로 쌓은 초가집이 보여 농경지대인 것이 확인되었다.

농부들이 추수 시즌에 맞게 밀을 수확해 농지에는 밀의 줄기가 베인 흔적들이 남아 있었는데 불규칙하게 배열된 것이 직파법으로 재배한 듯 보였다. 또 야트막한 언덕 쪽에는 밭들이 많았는데 고랑법과 같은 초기 농경 기술조차 쓰이지 않은 듯했다.

“이곳의 농경 기술은 꽤나 후진적이네요. 우리 쪽에서 농업 기술자들을 좀 보내면 도움이 될 것 같아요.”

“그 부분은 차차 생각해 보자. 이 영지가 우리 기반이 될 테지만, 이곳이 전부여서는 안 될 테니까.”

늦은 저녁이 돼서야 둘은 영지의 둘레를 모두 돌아볼 수 있었다.

마지막으로 들른 곳은 서쪽의 암석산이었는데 영지의 가장 높은 지대라서 한눈에 영지가 내려다보였다. 300호 정도의 가구가 보이는 것을 봐서는 영지의 주민은 대략 1천 명 내외로 판단되었다.

암석산의 중턱쯤에는 지금은 운영을 멈춘 것으로 보이는 광산의 입구도 보였다. 입구의 인근에는 파낸 돌 더미가 엄청나게 쌓여 있었는데 돌 더미의 색깔이 시뻘겋게 산화된 것이 철광석 계열을 채굴한 모양이었다.

"이 암석산의 지세가 몹시 험해서 이쪽으로 넘어오는 몬스터가 없었던 모양이지만 이 암석산의 뒤는 미개척지로 연결돼. 이 영지의 가장 약한 방어 포인트인데 이렇게 무방비로 뒀군. 망루를 몇 개만 배치해도 크게 효과를 볼 수 있을 텐데 말이야."

"경비대원들 수가 적으니 아무래도 농토 인근에 선택적으로 배치한 게 아닐까 싶은데요."

권산 역시 동감이라는 뜻으로 고개를 끄덕였다.

"그래. 영지 인구에 비해 방어 면적이 넓은 건 사실이군. 아무리 강이 보호해 주고 있다는 해도 말이야. 그건 그렇게 저쪽에 우리 용병단 사무소를 만드는 게 어떨까?"

권산의 손끝은 암석산과 실피르 강이 만나는 삼각형 형태의 땅을 가리켰다. 강을 타고 흘러내린 퇴적토가 쌓여서 형성된 지표 같았는데 꽤나 오래 시간이 흘렀는지 지면은 단단하고 버려진 땅 같았다. 암석산 쪽에서 들어가야 하는데 마땅히 길이 없었다.

"주민들의 거주지와도 충분히 먼 데다 배가 접안하기 좋고, 방어하기도 좋아 보이기는 한데… 제일 중요한 진입로가 없는데요?"

"음… 잠깐 여기 있어."

권산은 경신술을 발휘해 뾰족한 바위 몇 개를 밟고 암석산의 측면을 돌아서 퇴적토 지대에 올라갔다.

500평 정도의 넓은 땅이었는데 완전히 바닥이 말라 있고, 강 주변에 펴져 있는 물이끼의 흔적도 없는 것이 홍수 피해도 걱정할 필요는 없어 보였다.

'이곳이 괜찮군. 이곳 영지민들이 눈도 의식해야 하니까.'

권산은 다시 미나에게 돌아갔고, 나중에 암석산을 우회하는 경로로 진입로를 만들겠다고 말했다. 둘은 완전히 해가 지고서야 다시 영주성에 도착했고, 영주의 정복으로 갈아입은 매튜의 환대를 받으며 식사를 했다. 지방 영주 중에는 가장 말단인 남작이었지만, 역시 이곳에서만은 매튜는 왕과 다를 바가 없는 이였다. 하인과 하녀들이 갖가지 요리를 테이블 위에 올리자 강철중과 진광이 감탄사를 연발했다.

"단장, 기대 이상입니다."

"귀족, 귀족 하더니 진짜 귀족스러운 식사군요. 크하하하."

권산은 빙긋 웃으며 말했다.

"확인은 하고 먹자."

"그럼요."

강철중이 품에서 손가락 두 마디만 한 본체에 가느다란 침을 달고 있는 뭔가를 꺼내서 음식에 찔렀다. 테이블을 돌면서 모든 요리에 침을 꽂아보고는 고개를 끄덕였다.

"광물독 반응기에 걸리는 건 없습니다. 안전하군요."

치사량의 중금속이나 독성이 강한 원소의 독소를 잡아내는 군용 포터블 기기였는데 생물독을 검출하지 못하는 단점은 있지만 이것만 해도 생존율을 크게 높여준다.

"좋아. 진광부터 먹는다."

"잘 먹겠습니다."

진광이 요리에 손을 대고 5분 뒤부터 권산은 고개를 끄덕였다. 매튜나 클로라, 미나는 이곳까지 여행하면서 들른 마을마다 몇 번을 봐온 광경이라 신기할 것 없다는 태도로 요리에 포크를 가져갔으나 출입구 옆에 시립하여 일행을 지켜보는 안골드 집사의 표정은 딱딱하게 굳어 있었다.

'용병단장은 철두철미한 자로군. 일이 힘들게 됐어.'

포만감 넘치는 식사를 뒤로하고 각자는 배정된 방으로 흩어졌다.

야간 3교대로 불침번을 서기로 했기 때문에 먼저 권산이 블랙 그래비티를 허리에 차고 영주 침실 인근에 자리를 잡았다.

그렇게 밤이 저물었다.

다음 날 영주령에 의해 모든 가신들과 평민들 중에도 영지의 살림과 관계된 모든 이들이 영주성에 아침부터 소집되었다.

영주성 1층 메인홀이 30명 가까운 인원들로 꽉 들어차자 매튜와 권산이 모습을 드러내었다.

"모두 소식을 들었을 것으로 안다. 내가 신임 영주인 매튜 노바첵이다. 나는 본래 러브레이스 남작가 태생으로 얼마 전 수도의 추수제 때 열린 검술 대회에서 내 대전사가 우승해 이 영지를 국왕 폐하로부터 하사받았다. 여기 내 뒤에 서 있는 아르고 용병단장이 바로 내 대전사로, 그는 평민이며 용병이긴 하지만 소드마스터의 경지에 올라 있는 강자다. 언제라도 왕실에 의해 최소한 백작의 위를 받을 수 있는 사람이니 모두 이 용병단장에게 충분한 예우를 해주길 바란다. 알겠느냐?"

좌중은 소드마스터라는 말에 웅성거렸으나 이구동성으로

매튜의 요구에 승낙의 답변을 했다.

“나는 러브레이스 남작령에서 자라며 영지 경영에 대해 많은 부분을 체득했다. 이 영지를 다스리는 것 또한 비슷할 것이라 생각한다. 호명하는 이들은 앞으로 나서서 자신을 소개하고 영지에서 해온 일에 대해 말하라.”

매튜 특유의 부드러운 말투는 여전했으나 자리가 사람을 만든다고 했던가.

은근히 느껴지는 위엄에 좌중은 쥐 죽은 듯 조용해졌다.

그 적막 속이서 안골드가 준비된 두루마리를 펼치며 이름을 불렀다.

가장 먼저 기골이 장대한 30대 기사 한 명이 앞으로 나섰다.

“저는 랄프 로저, 노바첵 영지의 경비대장입니다. 전대 영주님께 기사서임을 받았고, 경비대장직은 5년째 수행하고 있습니다.”

“랄프 로저 경. 우리 영지의 경비대원 수는 몇 명이나 되나?”

“창수 30명, 검수 10명, 궁수 10명으로 총 50명입니다, 영주님.”

“실력을 평가하자면?”

“우리 영지는 최북방에 위치해 몬스터의 침입이 잦습니다.

수는 많지 않지만 모두 일당백의 정예라고 할 수 있습니다."

"그건 차차 확인해 보면 알겠지."

매튜가 안골드에게 턱짓하자 다음 인원이 호명되었다.

"코커 기네스. 노바첵 영지의 광산부장입니다. 전대 영주님 시절부터 쭉 이 일을 해오고 있습니다. 지금은 광산을 운영하지 않기 때문에 농림부 쪽 일을 돕고 있습니다."

"광산을 운영하지 않다니? 노바첵 영지의 주력 생산품이 광물인 것으로 아는데 왜 중단했나?"

"그… 그건 안골드 영주대행의 지시였습니다."

매튜가 안골드를 바라보자 안골드는 슬슬 웃는 낯으로 걸어와 사근사근하게 둘러댔다.

"광산의 갱도가 무너지는 일이 빈번해져서 임시로 폐쇄한 것입니다, 영주님."

어제 직접 광산을 목격한 권산은 고개를 갸웃거릴 수밖에 없었다. 최소 몇 달은 방치된 모습이었다. 영지의 주력 생산품이라면 그야말로 영지민의 밥벌이라고도 할 수 있는데 임시 폐쇄를 몇 달씩이나 하다니 이해하기 어려운 부분이었다.

매튜 역시 고개를 갸웃거렸으나 호명할 가신들이 많았기 때문에 일단 넘어가고 다음 차례를 불렀다.

그렇게 30명 모두의 소개가 끝나자 대략 영지를 다스리는데 중추 가신들이 구분되었다.

‘경비대장, 광산부장, 농림부장, 상업부장, 마법부장, 기술부장 정도가 핵심 인력이로군. 재정 관리는 집사가 하는 건가.’

지구의 행정 기관이라면 법무부나 보건부가 필수적으로 들어갈 터였지만 법보다 영주의 명이 우선인 봉건사회에서 법무부는 간단히 생략되었고, 보건부 역시 민간요법 수준인 의료기술로는 성립되기 어려웠다.

간단한 상처는 약초술로 대응하고 중상해는 치유 마법으로 치료가 가능했지만, 마법도 듣지 않는 중병에 걸리면 귀족이 아닌 이상에야 손도 못 써보고 죽는 것이 현실이었다.

‘전염병에 영지를 통째로 잃지 않으려면 보건을 담당할 가신도 있어야겠군 또 행정관을 많이 키워야 영지가 발전할 테니 외부 인재를 영입하거나 교육부를 만들어 직접 키워내는 게 좋겠지.’

권산은 매튜에게 기회를 봐서 아이디어를 조언하긴 할 테지만 너무 깊숙이 이 영지의 경영에 개입하지는 않을 생각이었다.

누가 뭐래도 이 영지는 매튜 노바첵의 영지였고, 자신은 그를 도운 대가로 근거지를 제공받는 선에서 타협하면 되었다. 영주와의 사적 친밀감이 공적으로 표출되면 저 많은 가신들과 불협화음이 날 것은 뻔한 이치였다. 마지막 가신까지 자신에 대해 소개를 마치자 매튜는 일단 해산한 뒤 오후에 영지를 시찰하겠다고 공표했다.

가신들은 각자 맡은 구역으로 돌아가 영주를 맞을 준비를 할 것이다.

권산은 돌아가는 경비대장의 뒤를 좇아가며 말을 걸었다.

"당분간 영주님의 호위를 우리 용병단이 수행하게 되었소. 영지 경비대와도 서로 알아두면 좋을 것 같으니 인사나 합시다. 나는 아르고 용병단장 권산이오."

"제 이름은 랄프 로저입니다… 소드마스터께서 일개 변방 기사에게 먼저 말을 걸어주시다니 감사할 따름입니다."

"묻고 싶은 것도 좀 있는데 같이 걷겠소?"

랄프는 눈으로 광장 쪽을 가리켰다. 키가 비슷한 둘이 나란히 길을 걷자 그 위압감에 주민들이 분분히 물러섰다.

"어제 영지를 한 바퀴 돌았소만 암석산 쪽은 따로 경비를 두지 않았던데 따로 이유가 있소?"

랄프는 산적처럼 두껍게 자라난 수염을 긁적였다.

"그곳에는 마법부 쪽에서 설치한 트랩이 좀 있습니다. 뭐. 우리 영지의 마법사라고 해봐야 기껏 3써클 정도의 초급들이지만 그래도 알람과 섬광 마법 트랩 정도는 가능하니까요."

권산은 고개를 끄덕였다. 그런 트랩이 설치되어 있다면 이해하지 못할 바는 아니었다.

암석산과 거주지까지 거리가 멀고, 트랩이 잘 동작해 준다면 짧은 시간 안에 경비대를 추슬러 방어하는 것도 가능할 터였다.

"전대 영주님이 서거한 마지막 전투에 대해 설명을 좀 해주겠소?"

"아! 생각하기도 싫을 만큼 지긋지긋한 전투였죠. 몇 달 전쯤 전에 놀 군락의 침입이 있었는데 평소와는 달리 수백에 이를 만큼 수가 많았고, 한 달이 넘도록 영지 바깥으로 물러가지 않았죠. 경비대로서는 중과부적이었기 때문에 방어선을 지키며 농성을 했고, 그게 한 달이 넘어가자 현장에서 전투를 진두지휘하던 영주님이 과로로 인해 그만 신의 품으로 돌아가게 되셨습니다. 영주님이 돌아가시자 우연의 일치인지 놀의 무리도 영지를 포기하고 도망갔고요."

'과로로 인한 급사라… 역시 공식적으로는 그렇다는 거겠지.'

"묘는 어디에 쓰셨소?"

"북쪽의 마을 공동묘지에 안장했습니다. 가장 높은 곳이니 찾기는 쉬우실 겁니다."

랄프는 영주 시찰을 준비해야 해서 경비대 주둔지로 돌아갔고, 권산은 일단 영주성으로 돌아가 일행을 불렀다.

"강철중과 진광은 영주 시찰이 시작되면 매튜 남작을 호위하고 미나는 나와 마을 공동묘지에 가보자. 전대 영주의 사인을 확실히 알자면 역시 시신을 보는 수밖에 없으니까.”

진광이 얼굴 가득 장난기 어린 표정을 지었다.

“크하하, 단장. 너무 미나 씨 하고만 다니는 거 같은데요. 조만간 결혼하시는 건 아니죠?”

“그러면 미나를 나처럼 상관으로 모셔야 하는데 꽤나 적극적이구나, 진광.”

“헛! 그렇군요. 결혼 같은 인륜지대사는 천천히 생각해도 안 늦습니다, 단장.”

이번에는 미나가 진광의 얼굴을 보며 사근사근하게 말했다.

“진광 씨는 나를 모시면 좋을 일이 많으실걸요. 아시죠? 제가 연예계 생활 오래한 거. 예쁜 동생들이 많으니까 언제든 말만 하세요.”

“크하하하, 이런. 당장 형수님으로 모시겠습니다. 어때? 철중이 너도 기회 놓치지 말고 말하라고. 너는 귀여운 스타일 쪽이잖아.”

진광이 팔꿈치로 강철중을 툭툭 건드렸다. 강철중은 무심한 듯 딴청을 피우더니 퉁명스레 말했다.

“만나보고 싶은 걸그룹이 있긴 합니다, 형수님.”

“호호호. 목석같은 강철중 씨도 아는 걸그룹이 있다니 의외네요. 진작 말하지 그랬어요. 통일한국에 돌아가는 대로 시간 비워둬요. 두 분 다.”

진광은 대놓고 웃음꽃이 피었고, 강철중도 은근히 웃음을 지었다.

시종이 영주의 시찰이 곧 출발할 것임을 전해주자 둘은 장비를 챙기고 그 뒤를 따라갔다.

권산은 미나와 시찰 무리가 영주성을 떠나는 것을 지켜본 뒤 북쪽의 공동묘지로 향했다.

메모리얼 야드라는 공동묘지는 수백 개의 석비가 새워져 있는 응달진 언덕배기였는데 지대가 높은 곳에는 한눈에 보아도 새롭게 제작된 비석이 세워진 무덤이 있었다.

"가름 노바첵 이곳에 잠들다라……."

비석에는 제국에서 정한 대륙력의 연표로 그가 향년 60세의 나이로 이곳에 묻혔음이 기록되어 있었다.

"시신은 나 혼자 볼게. 미나는 누가 오지 않는지 봐줄래?"

"됐어요. 어차피 인적도 없는 곳인데요."

권산은 바닥 석판을 들어 올렸다. 사람이 홀로 들어 올릴 수 없는 무게였으나 권산에게는 그리 어려운 일이 아니었다.

"웃차!"

내부 석판을 한 번 더 들어내자 부패가 상당 부분 진행된 남성의 시신이 드러났다.

이미 백골이 드러난 곳도 곳곳이 눈에 띄었다.

악취와 함께 살점에서 흘러내린, 보기에도 끔찍한 진액이 바닥에 홍건하여 미나는 차마 더 보지 못하고 고개를 돌리고 말았다.

"이데아, 분석해."

—히잉. 오늘은 왜 이렇게 징그러운 거 시켜요. 이건 이데아 취향 아닌데.

"부탁해."

—알았다고요.

이데아가 스캔을 진행하자 권산의 렌즈 화면에도 레이저 선 여러 개가 수평과 수직으로 분할되어 백골의 전신을 훑었다.

—키 170㎝ 정도 되는 남성의 사체네요. 부패가 진행된 지는 지중 조건에 공기 밀폐식 매장법이 쓰였을 경우 2개월 정도로 추정돼요. 화성의 미생물 수치 자료가 없어서 지구의 데이터를 썼어요. 사망 원인은 분석 불가예요. 뼈에는 별다른 상흔이 없지만, 부패가 너무 진행되어서 지금의 외형으로는 외상인지, 병사인지, 자연사인지 알 수가 없어요.

권산은 품에서 뭔가 길쭉한 도구를 꺼냈다.

강철중이 지난밤 식사 때 음식의 독을 검사하는데 쓴 광물 독 반응기였다.

반응기의 탐침으로 사체의 살점을 이곳저곳 찌르자 뭔가가 검출되었는지 부저가 울리며 램프에 불이 들어왔다.

반응기의 액정 화면을 보자 검출된 물질의 원소기호와 원자번호, 검출된 함량 등이 표시되었다.

"탈륨이 나오는군."

"탈륨이요? 그거 독극물이잖아요."

미나가 광물독 반응기를 가져가 직접 눈으로 재확인했다. 원자번호 81번, 틀림이 없었다.

"이데아 탈륨에 대한 정보를 줘."

—탈륨, 원자번호 81번. 독성이 매우 큰 원소예요. 수은이나 납, 카드뮴보다도 강하죠. 탈륨 화합물의 형태로 체내에 들어가 중독 증세를 일으키는데 무미, 무취이기 때문에 중독자가 스스로 알아내기는 힘들어요. 효과가 나타나기까지 다소 시간이 걸리고, 탈모 증상이 동반된다고 자료에 나와 있어요. 지구의 기록에도 암살 도구로 자주 유용되었다는 정보가 있어요. 해독제로는 '프러시안 블루'가 있어요.

권산은 다시 사체를 살폈다.

과연 남아 있는 모발이 없었다. 머리카락은 쉽게 썩지 않기 때문에 죽기 이전부터 머리카락이 없었을 터였다.

"우려하던 게 현실이 됐군. 이제 어디를 추궁해야 할지 명확해졌어."

"그래요, 오빠. 영주성의 조리실을 통하지 않고는 장기간 영주에게 탈륨을 복용시키는 건 불가능하니까요."

권산은 묘를 다시 밀봉하고 미나와 영주성으로 돌아갔다.

지금 시각쯤이면 모든 요리사들이 만찬 준비에 투입되어 있을 것이다.

1층의 조리실에서 조리장을 호출하자 작은 키에 배가 나온 중년인이 헐레벌떡 모습을 드러내었다.

"무슨 일이십니까, 용병단장님."

"당신이 이 조리실에서 영주 식사를 전담하는 조리장이요?"

"그렇습니다요. 소인입죠. 예."

"좀 조용한 데로 갑시다."

권산은 그를 데리고 영주성 후원의 후미진 곳으로 이동했다. 조리장은 무슨 일이 벌어지는지 몰라 눈알만 데구르르 굴리며 불안해했다.

"나는 어떤 사건 하나를 밝히는 데 대해 영주께 전권을 받은 상태다. 너는 내가 묻는 말에 거짓 없는 사실을 말해야 할 것이다."

권산의 엄포에 조리장의 두툼하게 살찐 볼살이 후들후들 떨렸다.

"무… 무엇이든 물으십시오."

"전대 영주님은 대머리였지?"

"그… 그렇습니다. 본래는 머리숱이 많으셨는데 돌아가시기

1개월 전부터 급격히 빠지셨습죠. 네."

"그때도 네가 조리장이었나?"

"아닙니다. 그때는 마이클이라는 자가 조리장으로 있었습니다. 제가 조리장이 된 건 전대 영주님이 돌아가신 뒤였습니다."

"마이클은 어디 있지?"

조리장의 안색이 시퍼렇게 질렸다. 뭔가 일이 이상하게 돌아간다고 느낀 것이다.

"그는 죽었습니다. 전대 영주님이 돌아가신 뒤 얼마 되지 않은 때였는데 집에서 강도에게 살해당했습니다. 우리 영지가 치안은 좋은 편인데 그렇게 비명에 갈 줄 아무도 몰랐읍죠. 예."

권산은 미나와 눈빛을 교환했다. 정황상 그의 죽음과 전대 영주의 죽음이 무관치 않을 거란 예감이 들었다.

'살인 멸구인가.'

이번에는 미나가 한 걸음 나서며 조리장에게 물었다.

"마이클이란 자는 당신 이전에 쭉 조리장으로 있었나요?"

"그… 그건 아닙니다. 그는 반 년 전쯤 안골드 집사가 이곳에 올 때 같이 데려온 자입니다요."

"안골드 집사도 집사직을 맡은 지 반 년밖에 안 되었나요? 그 전 집사는요."

"로뎀 집사님이 계셨는데 그때 병이 깊으셔서 일을 더 하실 수가 없었습니다요. 지금은 많이 좋아지셨는지 영지 산책도 종종 하시지만 그때는 정말 병이 크게 났었죠. 그래서 전대 영주께서 수도에서 행정관 한 명을 천거받아 데리고 오셨고, 그게 안골드 집사입니다."

"천거라면 누군가 제의했다는 건데 그게 누구인가요?"

"그… 그게. 모건 후작가였던가 그랬습니다. 기억이 가물가물합니다만은."

권산은 낮은 목소리로 이데아에게 그의 말에 진실성이 얼마나 있는지 물었다.

—95% 확률로 진실 판명이 돼요, 주인.

"맞다는 이야기로군."

권산은 조리장에게 이곳에서 나눈 대화는 절대 함구하라 지시하고 돌려보냈다.

정황은 어느 정도 밝혀졌다. 안골드가 이 영지로 오면서 대동한 마이클이라는 조리장에 의해 가름 노바첵 영주가 살해당했고, 마이클 역시 우연한 강도 피해로 사망했다.

누군가 윗선이 있다면 당연히 안골드를 의심해야 할 상황이었다.

또 그를 천거했다는 모건 후작가 역시 그 꿍꿍이가 무엇인지 아직은 확실치 않았다.

일개 지방 남작령에 후작가가 암수를 쓸 만큼 감춰진 뭔가가 있다는 말인가.

'안골드가 비밀을 쥐고 있겠지.'

둘은 시찰을 마치고 돌아온 매튜와 만났고, 그동안 밝혀낸 진실에 대해 공유했다. 매튜 역시 긴장하지 않을 수 없는 무거운 진실이었다.

"안골드를 취조해야만 하는 상황이군요. 그가 몹시 의심이 되는 상황이니 영주의 권한으로 안골드의 생살여탈권을 드리겠습니다. 권산 님이 꼭 진실을 밝혀주셨으면 합니다."

"내가 시작한 일이니 그렇게 하겠소. 안골드가 흉수인 것으로 밝혀지면 집사 업무 공백이 생길 것 같으니 전임자인 로뎀을 부르셔야 할 것이오."

"알겠습니다. 이 명령서를 가져가십시오."

매튜는 종이에 내용을 적고 영주의 인장을 찍었다.

권산은 영주실을 나서며 미나를 방으로 돌려보냈다. 지금부터 벌어질 일에 미나와 동행하고 싶지는 않았다.

"강철중, 진광. 일어서라. 함께 간다."

셋은 늦은 밤 집사의 집무실로 찾아갔다.

그곳에 있던 안골드는 갑자기 문을 덜컥 열고 들어온 권산을 보며 크게 호통을 쳤다.

"아니, 아무리 영주님의 개인 호위라지만 이렇게 무도하게 들어와도 되는 거요?"

권산은 피식 웃으며 명령서를 들이밀었다.

"안골드. 전대 영주를 살해한 혐의로 체포한다. 마이클 조리장을 통해 장기간 영주를 중독시켰으며, 마이클 역시 강도 사고로 위장하여 살해했음을 인정하느냐?"

"이 무슨 개 같은……."

안골드는 당혹감에 온몸을 덜덜 떨어대며 이런저런 말로 횡설수설했으며 말을 하면 할수록 논리가 빈약했다.

—80% 의 확률로 거짓을 말하고 있어요, 주인.

"그래 순순히 말하고 싶진 않겠지."

권산이 턱짓으로 안골드를 가리키자 강철중과 진광이 그의 양팔을 잡고 완력으로 제압했다.

"어… 어! 이거 왜 이래. 놔, 놓으라고."

셋은 안골드를 제압한 뒤 지하 감옥으로 들어갔다.

입구의 경비에게는 영주의 명령서를 들이밀자 간단히 출입이 되었다.

그로부터 지하 감옥은 안골드의 비명과 울음으로 가득 찼다.

두 시간쯤 경과했을까 셋은 피로한 표정으로 지하 감옥을 빠져나왔고, 강철중이 먼저 입을 열었다.

"신선한 공기를 쐬니 좀 낫군요, 단장. 생긴 것과 다르게 지독한 놈입니다. 결국 불긴 했지만요."

"그 정도는 되니 모건 후작가가 첩자로 보냈겠지. 하여튼 생각지도 못한 정보를 얻었어. 이 모든 게 광산을 차지하기 위한 모건 후작의 계획이었다니. 날이 밝으면 일이 더 많아질 거야. 다들 좀 자둬."

4장
모건 후작의 도발 I

수일 후 노바첵 광장에 두 명의 목이 효수되었다. 안골드와 신원 미상인 남성의 목이었는데 그는 마이클을 죽인 암살자였다.

전대 영주 살해의 죄목으로 둘의 목을 광장에 걸었고, 안골드와 사적, 공적으로 결탁한 증거가 있는 가신들은 모두 영지에서 추방되었다.

젊고 경험 없는 신임 남작에 대해 깔보는 마음이 있었던 가신들은 새로 마음을 고쳐먹게 되는 계기가 되었으며, 영지민들은 전광석화 같은 신임 영주의 일 처리를 보며 영지가 발전할 거란 기대감에 한껏 들뜨게 되었다.

이 소식은 발 없는 소문을 타고 모건 후작가에도 흘러 들어갔다.

노바첵 남작 영지의 10배는 되는 넓은 농지를 가진 비옥한 모건 후작령의 중심에는 거대한 위용을 자랑하는 영주성이 자리하고 있었다.

영지를 한눈에 내려다볼 수 있는 후작의 집무실에는 모건 후작과 그를 호종하는 기사, 핵심 가신들이 모두 자리에 착석해 있었다.

상석에 앉아 등 뒤 창밖을 바라보는 철혈의 얼굴을 가진 이가 바로 모건 후작이다.

그는 흔치 않은 흑색 머리카락과 수염이 인상적인 장년으로 그의 눈빛을 보노라면 카리스마가 대단한 인물이란 걸 금세 알 수 있을 터였다.

"안골드가 죽었다. 노바첵의 신임 남작이 광장에 목을 걸었다더군."

모건의 중후한 음성에 좌중의 공기는 무겁게 내려앉았다. 모건의 책사인 코니스가 제반 정보가 적힌 종이를 가신들에게 돌리며 입을 열었다.

"매튜 노바첵이 벌인 안골드 축출의 과정을 보건대 그는 영지에 부임하기 전부터 전대 영주의 죽음에 대해 의심을 품고 있었음이 분명합니다. 경위는 알 수 없지만 우리가 '크로노의 눈물'을 사용해서 가름 노바첵을 죽였다는 사실을 밝혀냈고, 안골드의 칼잡이까지 잡아내어 광장에 효수했죠. 안골드가 입이 가볍지는 않지만 아무래도 광산의 비밀에 대해 불었을 것이라 가정해야 할 듯합니다."

가신 중에 누군가 분통이 터진다는 듯 거칠게 답변했다.

"그럼 광산에 마나 미스릴이 매장된 사실을 알았다는 게 아닙니까? 이런 제길."

다른 가신 역시 응수했다.

"왕실 주관 검술 대회에서 우승만 했어도 이렇게 일이 꼬이진 않았을 거요. 제국의 로즈 시큐리티라고 해서 믿었더니 형편없는 소드마스터를 보낼 줄이야."

쾅!

테이블의 끝에 앉은 검은 복색의 사내가 거칠게 탁상을 내려치며 가신들을 쏘아보았다.

"로즈 시큐리티를 무시하지 마라. 데스먼드는 우리 검술회에서도 중급의 실력자다. 더구나 놈이 데려온 소드마스터는 그랜드마스터일 가능성이 높다. 그런 자가 나타날 거란 걸 모건 후작가가 우리에게 알려주지 않았지. 정말 우리와 갈라설 작정이라면 더 떠들어라."

코니스가 좌중의 흥분된 분위기를 풀기 위해 부드럽게 끼어들었다.

“타미르 경 진정하시죠. 우리 모건 후작가와 로즈 시큐리티의 인연이 이 정도 일에 흔들릴 만큼 허술하지는 않지 않소이까. 다만 일이 이렇게 되었으니 그동안 들인 공이 물거품이 되었고, 노바첵 영지를 흡수할 새로운 계책이 필요하게 된 것일 뿐이죠.”

타미르는 탁상에 내려친 오른손을 거둬들이며 가볍게 콧수염을 매만졌다.

“흥분한 것에 사과드리오.”

코니스는 다시금 좌중을 보며 말했다.

“우리 모건 후작가가 왕국 제일의 세력이 되려면 무조건 그 광산을 접수해야 합니다. 별수 없이 정공법으로 가야겠군요. 노바첵 영지 바로 옆에 우리 후작가의 속령인 마누엘 남작가가 있죠. 그쪽에서 노바첵 쪽에 시비를 좀 걸어서 영지전으로 일을 키우겠습니다. 명분 있는 영지전은 왕실에서도 관여하지 못하니까요. 노바첵에 있는 그 용병 소드마스터만 로즈 시큐리티에서 맡아주시고, 우리 후작가의 기사단 하나만 파견하면 노바첵을 제압하는 건 어렵지 않습니다.”

가신들은 합리적인 코니스의 언변에 동조하는 듯 고개를 끄덕였다.

코니스는 상석의 후작을 보며 못을 박았다.

“그렇게 일을 추진해도 되겠습니까, 후작님”

“그렇게 하도록 해라.”

코니스는 눈빛을 빛내며 이번에는 타미르를 보았다.

“로즈 시큐리티에서 권산이라는 용병 소드마스터를 어떻게 상대하시겠습니까?”

“이미 알고 있겠지만, 우리 검술회에는 그랜드마스터가 없소. 제국의 그랜드마스터는 오직 세 분의 공작님들뿐이지. 하지만 손에 검을 쥘 때부터 호흡을 맞춰서 눈빛만으로도 의사소통이 되는 합격술의 달인이 세 명 있소. 셋 모두 소드마스터지. 그들을 부르겠소.”

코니스 역시 들어본 바가 있었다. 기사들 사이에 떠도는 풍문으로는 제아무리 제국의 그랜드마스터라도 5 대 군장이 없으면 그 셋의 합격술을 감당하지 못할 거라는 소문이 있었다.

“매드 트라이앵글 삼형제군요.”

타미르가 천천히 고개를 끄덕였다. 아주 자신감이 깃든 얼굴이었다.

*　　　　*　　　　*

노바첵 영지는 새로운 아침을 맞았다.

매튜의 권위는 완전히 새로 세워졌고, 로뎀 집사가 복귀함에 따라 영지의 재정 상황이 일목요연하게 정리되어 매튜에게 보고되었다.

"광산이 문을 닫은 이후부터 완전히 내리막길이군. 이 지경이 될 때까지 안골드는 잘도 숨겼군그래."

젠틀한 정장 차림에 흰 수염이 잘 정돈된 노년의 로뎀은 꼿꼿한 자세를 한 채 매튜의 질문에 화답했다.

"그렇습니다, 남작님. 저 역시 이렇게 재정이 망가져 있으리라곤 짐작도 못 하고 있었습니다. 반년 전만 해도 노바첵은 재정적으로는 상당히 부유한 편이었으니까요."

"이것 참, 일단 수확이 끝났으니 영지민들 굶길 일은 없지만, 이래서는 타 영지에서 필요한 물품을 살 수도 없겠는데 어쩐다."

매튜와 로뎀이 고심하는 찰나에 집무실 앞의 청지기가 문을 두드리며 외쳤다.

"남작님, 권산 단장과 손님들이 오셨습니다."

"들여보내라."

문이 열리고 권산과 함께 젊은 청년 한 명, 늙은 노인 한 명이 들어왔다. 노인은 드워프의 그것처럼 키가 작았고 어깨가 떡 벌어져 있었다.

"어서 오세요. 기다리고 있었습니다. 이분이 그 드워프의 모루에서 오신……."

"하하하, 나를 알아보니 민망하군그래. 나는 드워프의 모루의 마스터인 록스타 마일드스톤이요, 매튜 남작."

매튜와 록스타는 서로 악수를 하며 통성명을 했다. 권산은 같이 온 하논을 매튜에게 소개했다.

"이쪽은 내 제자이며 카르타고 스트리트 길드 소속인 하논이오. 수도의 동태를 살피거나 풍문을 수집해서 내게 전해주고 있지."

하논은 매튜에게 인사했고, 둘은 악수를 하며 통성명했다. 권산은 추수제 이후 수도를 떠날 때 하논에게 위성 접속 단말기를 줬었고, 그것을 통해 록스타를 모시고 영지로 와달라는 말을 전한 것이다.

"하논은 잘해주었고, 일단 용병 사무소 건설 현장에 구경이나 다녀오거라. 나는 록스타 영감과 광산에 가마."

하논은 안내인을 따라 사라졌다.

강철중과 진광은 한창 영지의 건장한 청년들을 고용하여 암석산의 우회 길을 뚫고 있었다. 권산이 검강을 뽑아내어 간단하게 해결할 수도 있었으나 추수가 끝난 뒤 남아도는 인력을 고용해 달라는 매튜의 청을 받아들인 것이다. 일단 진입로를 내고, 퇴적지 부지의 평탄화 작업, 혹시나 범람할 수 있는 실피르 강 쪽 경계에 제방을 보강하는 것, 배가 접안할 수 있는 부두를 만드는 것까지를 공사 범위로 잡고 있었다.

문제는 돈이었다.

영지에 재정은 물론이거니와 권산의 수중에도 돈이 없었다. 정확히 말하자면 화성에서 통용되는 플로린이 없었다. 그러니 서둘러 록스타를 초빙했고, 그가 광산의 진면목을 밝혀 주길 기대하는 것이다.

"거두절미하고 얼른 광산이나 가자고."

록스타는 애가 타는 모양이었다. 권산이 전한 정보대로 마나 미스릴이 매장된 광산이라면 드워프족이 화성에 온 이래 얻는 최고의 성과라 할만 했다.

매튜와 로뎀, 권산과 록스타가 영주성에 나서자 광산부장인 코커 기네스가 따라붙었다.

록스타의 방문일에 맞춰 광산을 시찰하는 것으로 사전 조율이 되었기 때문이다.

광산의 진입로로 들어서자 저 멀리 한창 공사를 벌이고 있는 강철중의 목소리가 들려왔다.

종종 진광과 미나의 목소리도 들리는 걸 보니 모두 이 일에 열중하는 모양이었다.

광산의 입구에는 코커가 미리 준비한 광산용 백탄 횃불과 안전모, 로프들이 기다리고 있었으나 록스타는 하나도 필요 없다는 듯이 맨몸으로 광산에 들어갔다.

"명색이 드워프인데 저렇게 원시적인 장비를 쓰지는 않는다."

그러며 록스타가 뭔가 시동어를 외치자 그를 중심으로 광역 범위에 조명이 들어왔다. 특별히 광원이 보이지도 않는데 마치 낮과 같은 밝음이 그 공간에 자리했다.

"신기할 것 없어. 라이팅 스페이스 마법이야."

코커가 나서서 길을 안내하려 했으나 역시 록스타가 거절했다. 그는 광산의 공기에서 느껴지는 냄새만으로도 어느 곳이 가장 깊은지 알 수 있다고 했다.

그렇게 지저로 꼬박 30분을 내려가자 최심처에 도달했다. 꽤나 넓은 구역이 매몰되어 있어서 지반이 약해져 있는 모습이었다.

공기 중에 노출된 철광석들이 산화하여 온통 시뻘겋게 보였으나 한쪽 구석의 광맥부는 은색으로 반짝거렸다. 얼핏 보면 은맥으로 보였다.

"오오오. 마나의 향기와 미스릴의 향기가 동시에 나는군."

품에서 알 수 없는 탐지기를 꺼내 이것저것 조작하자 탐지기에서 녹색의 빛이 솟구치더니 광맥을 스캔하며 암석을 뚫고 한참을 파고들었다. 빛은 점차 흐려져 사라졌고, 탐지기의 위로 드워프의 문자와 그들이 광물을 표현하는 기호, 수치 등이 떠올랐다.

"록스타 영감님, 좀 어떻습니까?"

"놀랍고도 놀라워. 정말 최고로군. 이 광산은 철광석과 구리, 주석, 은이 채굴되기도 하지만, 지하 300미터 지점부터는 마나 미스릴이 나오는군. 그것도 대단한 매장량이야. 99% 순도로 정제할 경우 1만 톤 그 이상이네. 미스릴 자체의 가치만으로도 젤란드의 영토 절반에 달하는 가치가 있는데 그 미스릴이 최상급 마나석이라는 게 더 대단한 거지. 지금 인간들이 소모하는 엘릭서를 100년간 대체할 수준이야. 가치로는 아예 환산할 수가 없겠지."

매튜와 로뎀의 얼굴이 크게 상기되었다. 이건 하늘이 내린 기회였다. 권산은 한 가지 알고 넘어가야 할 부분이 있어서 록스타에게 질문했다.

"마나가 어딘가에 보존돼 있는 건 세계수의 열매인 엘릭서가 유일한 게 아니었던가요?"

"크. 물론 엘릭서만큼 고순도의 마나 정수는 있을 수 없네. 하지만 세계수만이 마나 정수를 만들어내는 건 아니야. 세계가 창조될 때 별이 부서지고 합쳐지면서 우주의 마나가 특정 암석에 깃들기도 하는데 이렇게 땅속에 갇혀서 오랜 기간 압력을 받아 암석과 완전히 일체화된 것들이 간혹 있지. 돌에 깃들기도 하고, 철광석, 구리에 깃들기도 하고 보석에 깃들기도 하는데 그중 가장 많은 마나를 함유할 수 있는 금속이 바로 미스릴이야. 그래서 최상급 마나석은 틀림없이 미스릴로 되어 있지. 이 광산에서 그것이 발견된 것이고. 이것을 채굴해서 드워프 마나 정제기에 넣으면 엘릭서와 거의 동급의 고순도 마나를 뽑아낼 수 있다. 또 그 찌꺼기는 순수한 미스릴이기 때문에 무구 제작에 사용할 수 있어."

록스타는 잠시 말을 끊었다가 주변의 붕괴된 현장을 손으로 휙 가리키며 매튜를 보았다.

"하지만 남작도 꼭 알아야 할 게 있네. 마나석은 특유의 파동을 주변에 내뿜기 때문에 이렇게 주변 지반을 무르게 만들고, 때문에 주변을 팠다 하면 무너지게 돼. 이곳까지 오면서 광산의 지지목을 쓴 수준을 보아하니 이걸 함부로 채굴하려다가는 막대한 인명 피해를 감수해야 될 거야."

코커가 슬쩍 나서서 매튜에게 말했다.

"사실입니다. 이 지점부터는 땅을 팠다 하면 지반이 무너져서 몇 번 인명 피해가 났었습니다. 그것을 빌미로 안골드가 광산을 폐쇄시킨 것이고요."

매튜가 권산의 얼굴을 한번 보았다가 다시 록스타를 보았다.

"그렇다면 록스타 영감님의 제의를 한번 듣고 싶습니다."

"그래. 잘 생각했네. 마나 미스릴은, 인간의 기술로는 채굴부터 정제까지 여러 가지로 제약이 있는 물건이지. 내 조건은 간단하네. 채굴에서 정제 판매까지 모두 내게 일임해 주게. 채굴량의 3할은 내가 갖고, 7할은 남작령의 몫으로 제공하지. 플로린을 원하면 플로린으로 주고, 엘릭서를 원하며 엘릭서로, 미스릴을 원하면 미스릴로 주겠네."

매튜와 로뎀은 서로를 마주 보았다. 이재에 밝은 로뎀이 승낙의 의미로 고개를 끄덕였다. 그가 판단하기로도 영지 쪽에 몹시 유리한 조건이었던 것이다. 매튜는 생각을 정리하고 록스타에게 말했다.

"좋습니다. 계약서를 쓰죠. 다만 우리 쪽에서 추가해야 할 조항이 있습니다. 채굴량에 대해서는 투명하게 관리해야 하니 여기 코커 기네스 경을 감찰로 두시고, 마나 정제기 역시 영지로 옮겨와서 최종 공정까지 이 영지 안에서 끝내주십시오. 또 영지의 몫을 주실 때 마법 무구나 도구로 받을 수도 있겠습니까?"

"아주 철저하군그래. 물론 그 정도는 응해줄 수 있지. 마법 무구도 가지고 있는 한도 내에서는 제공할 수 있고 말이야."

"마지막으로 한 가지 더 있습니다."

"뭔가?"

"채굴권을 드렸으니 선수금을 좀 주시죠. 지금 영지 사정이 말이 아닙니다."

록스타는 며칠간 영지 이곳저곳을 산책하더니 카르타고에

돌아갔다. 빠른 시일 안에 수도에 차린 '드워프의 모루'를 정리하고 아예 남작령에 이주해 오겠다는 말을 남긴 채였다.

매튜는 선수금으로 100만 플로린을 받아서 그중 30만 플로린을 권산의 몫으로 떼어 주었다.

록스타를 초빙해서 영지의 재정을 해결하고 광산의 재개발을 끌어낸 것에 대해 공로가 크다는 이유였기에 로뎀도 딱히 반대하지 않았다.

다만 추후 광산에서 채굴된 채굴량 중 영지에 할당된 7할 중 1할을 권산의 몫으로 하겠다고 하자 로뎀이 극히 반대했다. 그러나 소드마스터를 일개 남작령에 붙잡아둘 수 있는 다른 좋은 방법이 있냐는 매튜의 질문에 로뎀이 답변을 못 하자, 이 건은 권산에게 일부 권리를 제공하는 것으로 결론이 났다.

권산은 30만 플로린을 미나에게 주어 재정을 관리하게 했고, 강철중과 진광에게는 수도로 가서 적당한 용병단을 찾아보라 지시했다.

"이제 매튜 남작이 영지를 완전히 장악했으니 우리는 실피르 강을 개척해야 한다. 투견이 북쪽에서 남하하고 있겠지만 이대로는 시간이 오래 걸릴 거야. 그러니 우리 쪽에서도 북상을 해서 중간에 만날 생각이다. 한데 우리 인원으로는 그 작전을 수행하기 어려워. 몬스터 토벌 명목으로 수도에서 용병단을 하나 구해줘."

매튜가 둘에게 길 안내 명목으로 경비대원 둘을 더 붙여주었다. 영주 호위 업무는 이제 경비대로 완전히 넘어갔기 때문에 아르고 용병단의 움직임도 자유롭게 되었다. 그래서 권산도 개인적인 일을 볼 수 있게 되었다.

강철중과 진광이 돌아올 동안, 권산은 영주성의 연무장에서 하논의 수련을 봐주었다. 그에게는 육합권으로 기초를 다지고 용살기공을 3성까지만 전수했다. 그리고 기공술로는 경기공의 구결을 암기하게 했다.

"네 나이에 기공을 익히면 연공이 더딜 건 불을 보듯 뻔하다. 하지만 네 근골의 단련 정도와 자질이 뛰어나니 외공을 위주로 수련하되 경기공으로 보완하기만 해도 소드마스터급 기사가 아니라면 너를 당할 자는 없게 될 것이다."

공손한 태도로 권산의 말을 듣던 하논이 물었다.

"경기공이 뭡니까, 사부?"

"신체의 일부에 포스를 주입해 피륙(皮肉)을 바위처럼 단단하게 만드는 기술이다. 방어술로 만들어진 무술이지만 권장지각에 모두 응용할 수 있기 때문에 손에 경기공을 구사하면 칼날 같은 수도를 구사할 수 있고, 망치와 같이 단단한 주먹을 뻗을 수 있게 되지. 사용법에 따라 온몸을 갑옷으로 만들 수 있고, 온몸을 무기로도 만들 수 있는 무술이다."

하논의 입이 헤, 하고 벌어졌다.

그 기술만 익히면 천하무적이 되어 스트리트 길드를 금방이라도 접수할 수 있을 것 같았다.

"목숨을 걸고 수련할게요, 사부."

권산은 하논의 어깨를 두드려 주고 경기공의 구결을 전수했다.

하논이 인체의 혈맥 구조에 대해 알지 못하기 때문에 직접 기를 주입해서 내공을 어떤 경로로 돌리는지 체득시켜 주기도 했다.

하논의 용살기공 수준이 워낙에 일천하여 경기공은 겨우 감을 잡는 선에서 오늘의 수련이 마무리되었다.

하논 스스로 쌓아가야 할 노력만이 앞으로의 성취를 결정하게 될 것이다.

권산은 연무장에 하논을 두고 영주성 2층에 자리한 용병단 임시 사무소로 들어갔다.

퇴적지에 정식 건물이 들어서기 전까지 매튜가 내어준 공간이었다.

그곳에서 미나는 영주성에 보존된 지리 정보 책을 펴고 누군가와 통화를 하고 있었다.

아마도 수신자는 양자연구소이리라. 최근 미나는 수상 루트 개척 계획을 위해 민지혜와 이런저런 대화를 많이 나누었다.

미나는 권산이 사무실에 들어서자 통화를 종료하고 그를 바라보았다.

"오빠, 왔어요?"

"특별한 소식 있어?"

"네. 일단 무지막지한 양의 폭약을 사용한 결과 폭 10미터, 깊이 2미터, 길이 5㎞ 정도의 운하를 파는 데는 성공했다고 해요. 아시다시피 화성에서는 SF6가스 때문에 폭약 성능이 반의반도 발휘되지 않으니까 덕분에 폭약 수십 톤이 들어갔죠. 수급이 좀 부족해서 호리곡의 확장 공사에 쓸 폭약을 당겨서 썼어요. 오빠의 둘째 사형께서 이해해 주셨고요."

"제요 사형께 신세를 졌네."

미나가 한쪽 눈을 찡긋했다.

"그리고 고속정 한 대의 파트를 해체해서 양자터널을 통해 화성 숙영지로 가져왔죠. 지금쯤이면 진성그룹의 엔지니어들이 열심히 화성 숙영지의 운하 도크에서 조립하고 있을 거예요. 그것만 조립해도 운하를 통해 실피르 강에 진입한 후, 200㎞ 정도 강을 따라 하류로 내려오기만 하면 이곳 노바첵 영지에 닿을 수 있겠죠."

미나는 민지혜가 보낸 몇 장의 경과 사진을 렌즈 화면을 통해 권산에게 공유했다.

화성 숙영지의 천장 돔은 완성이 되어 그 위로 화성의 붉은 토사를 덮었다.

아마도 공중에서 바라보면 그저 조금 솟아 있는 둔덕 정도로 보일 것이다.

폐쇄된 분지 지형의 출입구 쪽에는 운하가 연결되었고, 운하의 시작점에는 부두와 도크가 생겼다.

역시 천장 돔의 은폐를 받고 있었기 때문에 밖에서는 쉽게 알 수 없는 구조였다.

인공조명이 비추는 도크의 내부에는 배수량 140톤의 전장 30미터급 고속정이 조립되고 있었다.

황해가 융기하고, 동해안을 폐쇄한 통일한국의 여건상 쉽게 구할 수 없는 물건일 텐데 역시 진성그룹의 수완은 알아줘야 했다.

"지혜 언니에게 들으니 투견 씨와 용병단원들이 실피르 강을 따라 남쪽으로 20㎞ 정도 탐색을 하고 기지로 복귀했다고 해요. 바질리스크 1마리와 리자드맨 군락 2개소를 정리했는데 상상 외로 몬스터들의 가죽이 두껍고, 저항이 강해서 애를 좀 먹는 모양이에요. 개인화기는 사용이 불가능하고, 중화기를 써도 위력이 현격히 떨어지니까요. 지혜 언니가 서포트를 하다가 일단 철수를 조언했고, 투견 씨가 받아들인 거죠."

"그래? 투견이 고생을 좀 하는군."

"맞아요. 리자드맨이라는 몬스터는 지능도 상당한지 협공

전략까지 구사했다고 하네요. 점프팩 덕에 퇴각에 성공했지만요. 더 수색을 하다가는 사상자가 나올 것 같으니 내일 정찰용 순항 드론을 투입해 먼저 몬스터 군락부터 파악할 생각인 것 같아요. 드론의 제원상 순항 거리가 250㎞이니 편도로는 이곳까지 날아올 수 있어요. 그쪽에서 먼저 날리면 입력된 항로를 따라 제게 날아올 거고, 제가 태양광을 충전시켜서 다시 보내는 식으로 하루에 한 차례씩 왕복시키기로 했어요."

"일종의 초계비행을 시키겠다는 거군. 좋은 전략이야."

"맞아요. 위성사진보다 훨씬 고해상도의 사진과 영상 자료를 얻을 수 있을 테니 우리도 데이터가 쌓일 때까지는 기다렸다가 개척대를 보내는 게 좋을 것 같아요."

권산은 고개를 끄덕였다. 위험을 감수하지 않고도 정찰이 가능한 상황이니 민지혜의 계획대로 하는 게 나았다.

"좋아."

권산은 강철중과 진광이 수도에서 돌아오길 기다리기로 했다.

바로 다음 날부터 미나가 말한 순항 드론이 실피르 강 위를 저공비행하며 나타났다.

태양광 충전이 가능한 타입이기 때문에 날개폭이 넓은 3미터급 비행체 드론이었다.

볕이 좋은 곳에서 드론의 태양광 패널을 충전시켜 다시 날려 보내길 며칠 반복하자 꽤나 쓸 만한 데이터가 누적되었고, 그것을 민지혜가 정리해서 자료와 지도를 만들었다.

용병단 임시 사무소에서 권산과 미나는 나란히 앉아 한쪽의 흰색 벽을 바라보고 있었다. 그러자 그 벽에 민지혜의 얼굴이 나타났다.

그 벽은 그저 판판한 석벽에 불과했으나 둘 모두 증강 현실 렌즈를 착용하고 있었기 때문에 WC는 각자의 렌즈를 통해 그 벽을 투영 객체로 잡고 민지혜가 보낸 영상을 석벽을 배경으로 띄운 것이다.

—오랜만이에요, 권산 님. 보내시는 탐험 자료는 매일 체크하고 있지만 이렇게 대화하긴 오랜만이네요.

"그래. 잘 지냈어? 양자연구소 분위기는 어때?"

—화성에서 가져오는 건 항상 놀라워서 김요한 박사님이나 연구원들이나 매일 열정적으로 일하고 있어요. 특히 김시영 박사가 보내는 마법학 자료에 연구원 대부분이 달라붙어 있어요. 슬쩍 들으니 이재룡 총수가 가장 관심 있어 하는 분야라고 하더군요. 정말 김시영 박사가 천재는 천재인 모양이에요. 마나가 마법 현상으로 발현되는 일련의 메커니즘에 대해 현대 물리학적 해석을 덧붙여서 벌써 논문 몇 개를 써서 보냈더군요. 저도 하나 읽어봤는데요. 그는 마법 발현 과정에 필

수 요소인 마법사의 강력한 정신파를 뇌파 형태로 전산 장치에 보존시키면 나중에 필요할 때마다 발신기의 증폭 회로를 통해 재사용이 가능할 거라 예상하고 있어요. 그의 이론이 옳고, 엘릭서 같은 마나 정수를 지속적으로 획득할 방법만 찾아낸다면 마법도 범용화 단계로 들어갈 수 있겠죠. 모든 지구 사람들이 생활 속에서 마법을 쓰는 수준까지요. 아직 학계에 공표할 수는 없겠지만, 음… 이게 증명만 된다면 제 생각에 노벨물리학상은 그의 차지가 될 것 같아요.

"놀라운 일이야. 우리가 신산업혁명의 불길을 지피고 있었군. 하지만 마법의 범용화가 목적이라면 엘프의 마법학보다는 드워프의 마법 도구 제작술 쪽을 배우는 게 낫지 않을까? 결과적으로 마법에 문외한인 일반인이라도 마법을 쓸 수 있게 해주니까 말이야."

—맞아요. 진성그룹도 초기에는 그쪽에 초점을 맞췄던 모양인데 김시영 박사가 마탑에서 습득한 정보를 토대로 보면 아무래도 드워프의 마법 도구 제작술을 받아들이는 건 불가능하다고 판단한 모양이에요. 뭐, 나중에 박사를 만나면 자세히 들으실 수 있겠지만 모든 마법 도구의 구동부 코어에는 마법술식이 룬어와 도식의 형태로 각인되어 있는데 3서클 수준의 마법만 되도 50종 이상의 금속이 코어를 제작하는 데 필요한 모양이에요. 그중 10종 정도는 희귀 광물로 분류되고, 1종

은 오직 토성에서만 채굴되는 '마운틴 하트' 라는 광물이에요. 그 원천 광석이 없으면 구동부 코어를 지구로 가져가서 최첨단 분석 장비를 가지고 술식을 복제해 봐야 무용지물이 되겠죠. 대체 광물을 찾아서 여러 번 실험을 해봐야겠지만 희망적이지 않을 것 같다고 하네요.

"음 그렇군. 그럼 김시영 박사는 다른 방향을 찾은 거로군."

—논문의 결론을 보면 구동부 코어를 전자 단말기로 대체하고, 각 술식의 논리 구조는 소프트웨어상으로 로직을 짜서 전자 단말기에 주입시키는 방식을 구상하는 것 같더군요. 그 전자식 마법 단말기(Electronic Magic Terminal)가 전기신호의 형태로 마법 주문을 외워서, 엘릭서에 깃든 마나를 주변의 자연과 마찰시키면 바로 마법 현상이 발현되는 것이죠. 사실 좀 허무맹랑하게 들리기도 하는데 뭐, 그는 천재니까 두고 봐야죠.

권산이 새삼 감탄했다.

드워프만이 최적화된 하드웨어를 만들 수 있으니 애초에 그 길은 포기하고, 표준 플랫폼 위에 소프트웨어를 입혀서 결과적으로는 비슷한 효과를 얻어내겠다는 뜻이었다.

"정말 우리가 세상을 바꿀 수 있겠다."

—저도 새삼 이 일에 뛰어든 게 잘한 일이라고 느끼고 있어요.

"그렇게 생각해 주니 고맙군."

권산과 민지혜의 한담이 길어질 듯하자 미나가 권산을 살짝 꼬집었다.

권산은 '흠흠' 헛기침을 하고, 민지혜에게 준비된 자료의 브리핑을 요청했다.

—실피르 강 비행 정찰 결과 육상형 26종, 수중형 3종의 몬스터를 발견했어요. 특히 육상형 26종 중 13종은 군집 생태이고요. 몬스터들의 밀집도나 위험도는 화성 숙영지에 가까워질수록 높아지는 편이에요. 아무래도 미개척지의 영향이겠죠. 또, 육상형이라고 해도 육상과 수중 생활을 반복하는 종들이 많아서 확실히 한 번쯤 청소하지 않으면 배가 공격받을 확률이 높아요. 특히 3개 종에 대해 특고위험군으로 판단했어요. 우리의 전력으로 제거가 어려울 수도 있겠다는 생각이 드는 몬스터들이에요. 미나 씨가 왕립 도서관에서 수집한 몬스터 도감 정보를 토대로 판단한 것이고요.

민지혜의 영상이 사라지고 위성 지도가 화면에 올라왔다. 첫 번째 몬스터는 노바첵 영지 기준 북쪽 50㎞ 지점에 서식하고 있었다.

화면의 우측에 드론이 촬영한 몬스터 활동 영상이 재생되었다.

물 위에 나타났다가 사라졌다가를 반복하는 거대한 흑색

비늘의 물뱀이었다. 물에 감춰져 있어서 몸체의 일부만 확인할 수 있었다.

—수중형 단독 생태로 '히드라'라 명명된 몬스터예요. 9개의 머리를 가진 괴물 뱀이죠. 몸통의 길이가 10미터, 갈라진 9개 머리의 길이가 각각 6미터로 총 16미터의 크기예요. 도감에 따르면 매우 강력한 독 숨결을 내뿜을 수 있고, 머리가 잘려도 수십 초 내로 원상 복구 될 정도의 가공할 재생력을 가졌다고 해요. 전투력에 대한 자료는 없지만 추정해 보자면 최소한 B급 괴수 수준은 넘는 것 같아요. 재수 없으면 A급도 가능하겠죠.

미나가 한숨을 크게 내쉬었다.

"화성 몬스터도 지구 괴수 못지않네요. 어쩜 세상에 쉬운 일이 하나도 없어요."

미나의 투덜거림에 민지혜의 웃음소리가 잠시 들리더니 화면이 바뀌었다.

노바첵 영지 기준 북쪽 100㎞ 지점에 포인트가 찍혔다.

동시에 우측 화면이 열리며 황무지의 약한 지반을 뚫고 몸을 숨기고 있는 초대형 전갈의 영상이 재생되었다.

—육상형 군집 생태로 '자이언트 스콜피온' 이라 명명된 몬스터예요. 항상 3마리가 함께 움직이는 것으로 확인되고요. 영상처럼 평상시에는 몸을 땅속에 숨기고 있다가 사냥감이 다

가오면 지상으로 올라와서 먹잇감을 포위한 뒤에 집게발로 갈가리 찢어서 먹죠. 집게발 하나가 중형 자동차 하나 크기이기 때문에 걸렸다 하면 갑옷이고 뭐고 그냥 우그러질 거예요. 몸길이도 10미터가 넘고 갑각도 무척 단단하다고 해요. 아 참, 저 거대한 꼬리 독침은 별로 경계를 안 하셔도 돼요. 저 정도 크기의 침에 찔리면 독에 죽기보다는 관통상으로 먼저 죽을 테니까요.

"와! 지혜 언니도 농담을 다 하네요. 그러지 마요. 끔찍하다고요."

미나가 소스라친다는 표정으로 고개를 절레절레 저었다.

—개별 개체는 B급 괴수 수준으로 판단되지만, 우리처럼 소수의 용병단이 사냥하기에는 B급 3마리 군집 행동이 부담스러워서 대상에 넣었어요. 갑각의 틈새가 약점이라고는 하는데 갑각 표면에 화력을 전개하는 방식으로는 사냥이 되지 않을 거예요.

"그다음도 보여주세요."

민지혜가 화면을 전환했다. 노바첵 영지 기준 170㎞ 지점이었다. 영상에는 두 개의 머리를 가진 거인형 몬스터가 나타났다.

—트윈헤드 오우거예요. 육상에서 이족 보행을 하는 몬스터 중에 가장 강력하다고 알려져 있죠. 키가 4미터에 한 손으로

나무줄기를 쥐어짤 정도의 악력을 가졌고, 시속 80㎞로 달릴 수 있는 주력을 가졌어요. 근육이 유연해서 나무를 탈 수도 있고, 두 개의 머리를 가졌기 때문에 시야에 사각도 없어요. 지능은 좀 떨어지는 편인데 3미터급 오우거 군락의 우두머리인 걸 봐서는 그나마 걔들 중에는 인텔리일 거예요. 이 오우거를 잡으려면 10마리 정도의 군락 전체를 상대해야 해요. 트윈헤드는 B급 괴수 수준으로 보이고, 부하 오우거는 C급보다는 좀 약한 수준일 거예요. 편의상 구분하자면 C—급이 되겠죠.

확실히 셋 모두 만만치 않은 상대였다. 아르고 용병단 단독의 힘으로는 셋 중 하나만 상대하더라도 막대한 인명 손실이 벌어질 것이 분명했다. 실피르 강 개척이라는 목표가 없었다면 무조건 피해야 할 전투이리라.

화성의 토착 몬스터는 지구의 괴수와는 달리 사냥 후 그 사체를 활용하지 않는다. 먹지도 않고, 라독도 나오지 않는다. 특정 사체 부위가 일부 돈이 되기도 하지만 일반적으로는 백해무익하다.

'하지만 그건 이곳 사람들의 생각이다. 괴수의 사체에서도 활용성을 뽑아내는 것이 지구인들이니 몬스터들의 사체에서도 뭔가 쓸모 있는 발견을 하지는 않을까?'

권산은 민지혜에게 말했다.

"일단 사냥 후에 확보한 몬스터 사체는 종별로 샘플을 만들어 냉동 밀봉 한 뒤에 지명훈에게 좀 보내줘. 그라면 제대로 분석해 줄 거야."

—알겠어요.

"투견에게는 당분간 대기하라고 전해줘. 전력을 보강하는 게 좋겠어. 화기가 없어도 강한 전투력을 가진 건 아무래도 헌터들이니 민 실장이 현무 길드에 연락해서 현무 알파의 파견을 요청해 줘. 현무 알파와 아르고 용병단이 합류하면 실피르 강 100㎞ 중간 지점까지는 독자적으로 개척을 해올 수 있을 거야. 특히 오우거 군락 토벌에 신경 써주고. 그래서 중간 지점 도착 날짜를 서로 잘 맞추면 자이언트 스콜피온은 같이 사냥할 수 있겠지. 나는 이쪽에서 현지인들을 고용해 북쪽으로 진출할게."

민지혜는 뿔테를 추켜올리며 머리카락을 한쪽으로 쓸어 넘겼다. 부드러운 흑발이 자연스레 넘어갔다.

—오랜만에 차슬아 마스터에게 연락을 해야겠네요. 알겠어요. 또 뭐 요청 사항이 있으신가요?

"마지막으로, 호리곡 공노파의 이능력이 화성에서도 가능한지 한번 테스트를 해봤으면 해. 긴급하게 화성 숙영지로 돌아가야 할 일이 생길 수도 있으니까. 이건 제곡 사형에게 부탁해 줘."

—접수했어요.

민지혜는 시원한 미소와 함께 영상에서 사라졌다.

하루가 더 지났을 때 민지혜가 이데아를 통해 짤막한 문자를 한 줄 보내왔다.

[화성에서는 공 노파의 공간 간섭 이능이 불가능하네요. 지구가 아니라서 그런지 공간 연상이 통 되질 않는다고 하시네요.]

권산도 메시지로 답했다.

[공간 이동 계열의 이능력자가 또 있는지 찾아봐 줘. 공 노파는 일단 실패했으니 말이야. 다른 능력자도 시도해 봐야겠어. 앞으로 양자터널과 점점 멀어질 텐데 지구로 즉시 복귀할 일이 생기면 대책이 없거든.]

[알겠어요. 김시영 박사 쪽으로도 마법적인 공간 이동이 가능한지 알아볼게요.]

[좋아. 역시 민 실장이야. 일 처리가 확실해.]

[그럼 이만.]

영지의 입구인 석조 다리에 일단의 무리가 걸어 들어왔다. 가지각색의 무기와 경갑옷을 걸친 용병단 무리였는데 그 수가

30명이 조금 넘었다. 보초병들은 무리의 선두를 확인했고, 강철중과 진광, 동료 경비대원 둘의 모습을 발견하고는 목책의 관문을 열었다.

무리가 영주성 앞에 이르자 권산과 미나가 나와서 그들을 환영했다.

강철중이 대표로 수도에서 고용한 용병단을 소개했다.

"단장, 브레이브 용병단입니다. 여기는 용병단장인 칼라일이고요."

칼라일은 몸이 날렵하고 신체 비율이 좋은 강한 인상의 남자였다. 나이는 30대 초반으로 보였고, 갈색의 머리카락과 짧은 수염을 가졌다. 칼라일이 앞으로 한 걸음 걸어와 권산을 마주보자 키가 큰 권산을 조금 올려다보는 구도가 되었다.

"아르고 용병단이라는 신생 용병단의 단장이라 들었습니다. 용병이 용병을 고용하는 건 처음 겪어보는 것인데 이유까지야 내가 알 필요가 없지만 약속대로 지금 선수금을 받았으면 합니다."

권산이 무슨 말이냐는 뜻으로 강철중을 보자 그가 다가와 귓속말을 건네었다.

"수도에서 꽤나 명성이 있는 용병단입니다. 의뢰인 쪽인 우리의 신분 증명이 완전하지 않다는 이유로 선수금을 요구해서 일단 들어주었습니다."

권산은 별로 대수롭지 않다는 투로 미나에게 선수금을 지급해 달라고 했다. 실피르 강 몬스터 토벌의 의뢰 대금인 10만 플로린 중 10%인 1만 플로린이 칼라일에게 넘어갔다.

"돈 문제가 확실한 사람치고 믿지 못할 이는 없지요. 의뢰 완수 시까지 잘 부탁드립니다. 내 용병단은 나를 포함해 총원 30명입니다. 일정이 잡힐 때까지 영지의 여관에서 대기하겠습니다."

브레이브 용병단이 사라지자 권산은 모두와 함께 임시 용병 사무소로 들어가서 강철중에게 그동안의 여정에 대해 들었다.

의뢰 초기에는 신분 증명 때문에 골치가 아팠다 했다. 의뢰를 완수했는데 대금을 주지 않거나 도주하는 악덕 의뢰인이 종종 있던지라 무엇보다 용병들이 믿을 수 있도록 만드는 게 중요하기 때문이다.

용병 모집소에서 몇 번의 퇴짜 뒤에 쌍도끼 칼라일의 용병단과 접선하는 데 성공하여 의뢰를 맡겼다고 했다.

"쌍도끼 칼라일은 두 자루의 베틀엑스를 기가 막히게 쓰는 전사라고 합니다. 어릴 적부터 용병 밥을 먹어서 모은 돈으로 용병단을 꾸린 인물이니 그 근성은 믿어볼 만합니다."

"그래. 또 다른 특별한 일은 없었고?"

"음… 노바첵 영지와 수도 방향으로 맞닿은 마누엘 영지에서 뭔가 사달이 난 것 같더군요. 용병단과 마누엘 영지 외곽에서 하룻밤 숙영을 하고 길을 떠났을 때 영지가 부산해지는 걸 보고 주변에 물어보니 그날 새벽에 마누엘 남작 암살 시도가 있었다고 합니다. 흉수는 도망쳤고, 마누엘 남작은 중태에 빠졌다고 하는군요. 아무래도 노바첵 영지와 가까우니 무슨 영향이 있지는 않을까 염려됩니다."

권산도 곰곰이 생각에 빠졌다. 특별히 연관성이라고 할 만한 건 없지만 기분이 묘한 것이다.

흉수가 도주하는 데 성공할 정도로 시간적으로 여유 있는 암살이었는데 결국 중태에 빠뜨리는 수준에 그쳤다는 데 위화감이 느껴졌다.

'노바첵 영지에서 수도 쪽으로 나서려면 마누엘 남작령을 지나갈 수밖에 없는데 괜한 불똥이 안 튀었으면 좋겠군.'

권산은 강철중과 진광에게 수고했다고 전했다.

몇 시간 뒤 이번에는 물경 마차 30대에 이르는 대규모 상단이 영지에 도착했다. 권산에게 연락이 와서 나가보니 상단의 정체는 바로 록스타 마일드스톤의 이주 행렬이었다.

"짐이 엄청나시군요."

"기반을 통째로 옮겨온 건데 이 정도는 돼야지. 일단 드워프의 모루는 이제 정리했어. 다른 지방에서 내 수족 노릇 할 드워프를 몇 놈 불렀으니 그놈들도 짐을 바리바리 싸 들고 찾아올 거니까 알아두라고. 그럼 나는 매튜 남작을 찾아가지. 내 일족의 거주 구역을 따로 지정받기로 했거든."

멀어지는 상단을 살피니 록스타가 고용한 것으로 보이는 마부와 짐꾼이 대다수였으나 20명 정도의 호위대도 보였다. 깃발을 보니 디펜더스 용병이라 적혀 있었다. 록스타가 상단 호위 목적으로 의뢰를 한 듯했다.

5장
모건 후작의 도발II

다음 날 오전 권산은 브레이브 용병단과 연무장에서 만나 이번 의뢰의 범위와 경로를 설명했다.

일단 투견과 만나기로 한 100㎞ 지점까지를 목표로 잡았다. 모두에게 순항 드론을 이용해 모은 구역별 몬스터 정보까지 공개하니 칼라일을 비롯한 용병단원들이 놀라서 웅성대었다. 칼라일은 잠시 머뭇거리다가 앞으로 나섰다.

"이런 말 하게 되어 미안하지만 그 정보대로라면 우리 용병단 만으로는 수행이 어렵습니다. 다른 몬스터들은 우리 용병단 전력으로도 가능하지만 히드라와 자이언트 스콜피온에 덤

볐다가는 전멸을 각오해야 합니다. 그 어떤 용병에게 물어도 4서클 수준의 마법사가 10인 이상 동행해야만 놈들을 상대해 볼 수 있다고 할 게 뻔합니다. 계란으로 바위 치기니 우리는 선수금을 돌려 드리고 빠지겠습니다."

권산은 칼라일이 플로린을 꺼내려 하자 손바닥을 들어 그를 제지했다.

"제법 강단 있는 자인 줄 알았는데 겁쟁이로군."

칼라일의 눈매가 분노로 일그러졌으나 그는 침착하게 대답했다.

"뭐라 해도 하는 수 없는 일입니다. 기사단이 달려들어도 될까 말까 하는 몬스터를 상대하라니, 누가 뻔히 죽을 길에 뛰어든단 말입니까?"

"힘이 약하면 전술을 사용해서 사냥하면 되지 않나. 무조건 정면에서 맞붙을 필요는 없지."

"그 몬스터들은 다릅니다. 히드라의 재생력과 자이언트 스콜피온의 갑각을 무력화시킬 공격력이 없으면 이건 머릿수나 전술로 어찌 해볼 수 없는 문제가 아닙니까?"

권산은 검을 뽑았다. 그 흉흉한 기세에 칼라일은 한 발 물러나 두 자루의 베틀엑스를 뽑아 들었다.

"이게 무슨?"

"네가 필요하다고 말한 공격력은 내가 제공하지. 충분한지 아닌지는 칼라일 네가 판단해라. 내 실력이 부족하다면 선수금은 돌려줄 필요 없이 의뢰에서 빠져도 좋다."

순식간에 대결의 분위기가 형성되었다. 선수금만 해도 1만 플로린이다. 의뢰 없이 그 정도만 먹어도 꽤 짭짤한 수익이다.

"단장, 콧대를 납작하게 만들어요."

"천하의 브레이브 용병단을 물로 보다니."

"쌍도끼 앞에서 폼 잡다 골로 가는 놈 여럿 봤지."

칼라일의 쌍도끼는 날렵하고 손잡이가 긴 구조였다. 칼라일이 먼저 쌍도끼를 휘두르며 달려들자 양손으로 만들어낸 도끼의 궤적이 철의 방어막이 되어 전면에 펼쳐졌다. 양날 도끼 특유의 넓은 날 폭을 이용한 수법이었다.

권산은 이 보를 물러나며 승룡참의 수법으로 칼라일의 공격을 걷어내었다.

까강깡!

거친 금속음에 칼라일의 수법이 일시에 무력화되었다.

'아이언 돔이 이리 쉽게 깨지다니… 약점이 없는 건 아니지만 단번에 빈틈을 알아냈단 말인가.'

이번에는 권산이 칼라일의 양어깨를 노리고 이검을 전개했다. 칼라일은 빛살처럼 날아오는 두개의 검로를 보며 급하게 허리를 뒤로 젖히고 한쪽 손을 뒤로 보내 도끼 자루로 땅을 지지했다.

단 이 초 만에 철판교의 자세를 펼칠 만큼 코너에 몰린 것이다.

칼라일은 본능적으로 발을 차올리며 권산의 턱을 노렸고, 권산은 자세를 낮추며 하단 차기로 도끼 자루를 걷어찼다.

파악!

베틀엑스 한 자루가 칼라일의 손을 벗어나 튕겨져 나감과 동시에 칼라일의 몸이 땅에 꼬꾸라질 것 같았으나 오히려 칼라일은 튕겨 나간 도끼의 반동을 역이용해 수평 회전을 하며 도끼를 사방에 뿌렸다.

"나왔다. 토네이도 엑스다."

도끼가 한 자루밖에 없는 절반뿐인 토네이도 엑스였으나 이 기술은 궤적의 예상이 거의 불가능했고, 그 가공할 회전 속도 덕에 상대의 상체가 넝마가 되고야 마는 필살기였다.

그에 대응하는 권산의 대처는 놀라웠다. 좌수를 활짝 펴서 칼라일의 회전하는 머리를 잡으며 동시에 몸을 띄워 동일한 속도로 수평 회전을 한 것이다. 토네이도 엑스의 핵심은 몸의 종축을 고정한 회전이었는데 권산이 구름과 같은 신법으로 칼라일의 몸놀림을 따라한 것이다.

권산의 몸이 토네이도 엑스의 사각지대에 놓이자 칼라일은 권산을 베지 못했고, 겨우 몸의 중심을 잡아 착륙했을 때는 이미 권산이 그의 목에 검날을 바짝 들이밀고 있었다. 검날에

맺혀서 넘실대는 푸른 기운이 살갗을 파고들어 칼라일의 피부에서 피가 몽글몽글 새어 나왔다.

"단장이 졌다."

"이… 이럴 수가. 소드마스터다."

"오러 블레이드라니."

칼라일은 서슬 퍼런 느낌이 턱을 들어 올리며 나직이 읊조렸다.

"당신이 검술 대회에 나타났었다는 소드마스터로군. 눈치를 챘어야 했는데… 죽이려면 죽여라."

권산은 검을 거둬들이고 무심하게 말했다.

"널 죽여서 무엇을 얻겠는가. 소드마스터인 내가 가세할 테니 공격력이 부족하다 하진 않겠지?"

"공격력이라면 두말할 것 없지만 아르고 용병단장 당신도 준비는 철저히 해야 할 거요. 살과 피로 만들어진 사람인 이상 그 무지막지한 놈들을 상대하는 건 항상 위험하니까."

권산이 실력 행사를 대대적으로 벌인 덕에 개척대의 명령 체계가 확실히 정리되었다. 기본적으로 강한 몬스터를 상대할 때는 권산이 직접 전술을 하달하고 잡몹을 정리할 때는 브레이브 용병단이 알아서 작전을 짜기로 했다.

개척대가 실피르 강을 끼고 북상한 지 20km쯤 되자 첫 번째 몬스터 군락이 나타났다. 리버록이라는 몬스터로, 두 다리로 직립보행 하지만 상체가 개구리의 형상과 흡사한 1미터급 수륙 생태종이었다.

"칼라일 용병단장. 실력을 보여주시오."

칼라일은 고개를 끄덕이더니 등에 짊어진 석궁을 들고 시위를 당겼다.

"리버록이 60마리가 좀 넘어 보이니 각자 2마리씩만 잡으면 된다. 모든 단원은 석궁을 걸고 가까운 목표를 겨눠라. 화살 세례를 맞으면 수중에 있는 리버록까지 몽땅 튀어나올 테니 그때 집단 전술로 상대한다. 자 내 신호에 맞춰 발사한다."

칼라일은 구호를 외치고는 발사를 명했고, 30개의 화살이 얕은 수면에 있는 리버록 군락을 휩쓸었다.

슈슈슈슉!

화살이 제대로 박혀 즉사한 리버록도 있었지만 대부분은 물속에 몸을 숨긴 채 개척대 쪽으로 공격해 들어왔다.

"리버록의 가시를 조심해. 방패로 앞을 막아."

10명의 용병단원이 타운실드를 가져와 전면을 막았고, 20명의 용병단원들은 석궁을 던지고 각자의 무기를 뽑아 들어 측면을 공격해 들어갔다.

정신없는 싸움이 어우러지고 칼라일의 눈에 띄는 분전 몇 분 뒤에 리버록은 그 구역에서 완전히 청소되었다.

"리버록은 쉬운 몬스터입니다. 우리 측 경상자가 5명 발생했고, 여력은 아직 충분하니 더 가시죠."

그렇게 리버록과 놈 군락을 2개소 정도 더 정리하자 30㎞ 거리까지 개척이 되었다. 경상자가 10명 발생했을 뿐 중상자는 나오지 않았다. 몇 번 위기는 있었지만 미나가 나서서 육각 실드를 전개하여 브레이브 용병단을 보호한 것이다.

용병들은 얼굴을 가리던 로브를 젖히고 실드 마법을 펼친 미모의 여법사에게 거듭 고마워하며 관심을 보였으나 진광이 넌지시 권산의 약혼녀라 일러주자 입맛을 다시며 관심을 접었다.

소드마스터의 심경을 건드리고 싶지 않은 것이다.

"에이 좋다 말았네."

"어지간히 예쁜 마법사로군."

"이거 원 서러워서 소드마스터 되고 만다."

황혼이 내릴 무렵 적당한 터에 야영을 할 목적으로 텐트를 치는데 남쪽에서 누군가가 말을 타고 빠른 속도로 접근해 왔다.

"워워!"

그자는 말에서 내려 권산에게 서둘러 달려왔는데 가까이서 복색을 보니 노바첵의 경비대원이었다.

"권산 단장님. 급히 귀환해 달라는 영주님 전언입니다."

"무슨 일인가?"

“마누엘 남작령 쪽에서 남작 암살 사건의 배후로 노바첵을 지목했습니다. 수도에 갔다가 귀환했던 아르고 용병단과 브레이브 용병단원들 중에 암살범이 있을 것이고 그를 노바첵에서 숨기고 있다는 것이 그들의 주장입니다.”

강철중과 진광이 어처구니없다는 듯 경비대원에게 이것저것 물었으나 그가 아는 것은 이 정도였다.

“이데아 거짓말 탐지기 작동해.”

—알겠어요, 주인.

권산은 칼라일을 불러 정황을 설명한 뒤 직접적으로 물었다.

“우리가 마누엘 남작 암살범으로 몰린 상황인데 브레이브 용병단도 그 대상에 들어 있다. 마누엘 남작령을 통과할 때 단독 행동을 한 용병단원이 있다거나 통제 밖에 있던 이가 있었나?”

“이런 의심을 받게 되다니 유감이군요. 우리는 영지에서 충분히 먼 불모지에서 숙영을 했고, 모든 단원들이 제 시야 밖을 벗어난 적이 없습니다.”

이데아가 진실이라는 창을 렌즈 화면에 띄웠다. 그렇다면 경우의 수는 하나였다.

‘누명을 씌우는군.’

“상황이 급하게 됐으니 모두 복귀한다. 강철중과 진광은 미나를 잘 보호해서 귀환해 줘. 브레이브 용병단도 일단 개척을 중단하고 영지로 복귀해 주시오."

"알겠습니다, 단장."

권산은 개척대의 후미에서 묵묵히 서 있는 판금의 마법마인 펜텀 아머에 올라탔다.

"가자."

"네."

경비대원이 말에 올라 먼저 출발했고, 그 뒤를 권산이 따라갔다. 흔들리는 말 등에서 권산은 곰곰이 생각에 잠겼다.

앞으로 무슨 일이 벌어지려 하는 것일까.

* * *

완연한 어둠이 내려앉은 노바책 영지의 석조 다리를 두 필의 기마가 빠른 속도로 통과했다. 기마는 영주성에 이르렀고, 권산은 팬텀 아머에서 내려 영주성의 집무실로 향했다.

그곳엔 매튜와 클로라, 로뎀 외에 주요 가신들 몇 명이 들어와 있었다.

"용병단이 모두 북방 개척으로 나가 있는 줄 알면서도 급히 부를 수밖에 없었습니다, 권산 님."

"일이 일이니 만큼 당연한 처사요. 설명을 좀 해주겠소?"

매튜의 설명은 이러했다.

오후 3시 경에 노바첵 관문에 마누엘 남작가의 전령이 와서 서찰을 전달했다. 그는 서찰을 전달한 뒤 사라졌고, 이는 경비대에 의해 매튜에게 전달되었다.

서찰의 내용은 수일 전 마누엘 남작의 암살 시도가 있었고, 내부적인 목격자들의 증언 결과 노바첵의 용병단이 흉수로 지목되었다는 것이다.

마누엘 측은 노바첵 남작이 이 일에 대해 배후가 아니더라도 책임을 져야 할 것이며, 이를 거절할 시 영지전을 각오하라는 문장이 적혀 있었다.

"브레이브 용병단이 우리 몰래 일을 벌인 것은 아니겠죠?"

묻는 매튜의 음성에 숨길 수 없는 차가움이 묻어 나왔다. 그로서는 생면부지의 용병단을 믿기 어려울 수밖에 없어서였다.

"그 부분은 내가 보증하오. 저 허술한 서찰의 내용만으로 우리끼리 자중지란 할 필요는 없소. 작정하고 누명을 씌우려고 저쪽에서 일을 꾸민 것 같으니까 말이오."

"그렇다면 믿겠습니다. 그렇다면 대체 왜 은원 관계도 없는 마누엘 남작 쪽에서 이런 누명을 씌울까요?"

매튜의 이 질문에는 로뎀이 먼저 앞으로 나서며 조심스레 입을 열었다.

"제가 짐작 가는 점이 하나 있습니다. 마누엘 남작 자체는 우리와 그다지 연결되는 점이 없지만 마누엘 영지는 과거 모건 후작령에서 분리된 속령입니다. 모건 영지와 거리가 있었기에 관리가 어려워 마누엘 남작에게 하사했고, 이후부터 그가 맡아서 다스린 것이죠. 모건 후작은 이미 안골드를 첩자로 보내 노바첵 광산에 눈독 들인 바가 있는 위인이니 이번 일 역시 그 계략의 연장선에서 봐야 할 듯합니다."

"그렇다면 모든 일이 설명된다. 마누엘 남작을 내세운 영지전으로 노바첵을 꿀꺽하겠다는 심산이로군. 내가 암살의 배후로 자인하면 왕실에서 나를 실각시킬 테고, 자인하지 않으면 영지전을 벌여 힘으로 영지의 인수를 빼앗을 목적이다. 명분 있는 영지전은 왕실에서도 개입하지 못하니까."

좌중은 웅성거렸다.

양측 남작령의 경비 병력 만으로 영지전을 벌인다면 피차 그 전력이야 뻔하다. 하지만 모건 후작을 뒷배로 둔 마누엘이 모건의 기사단을 지원받기라도 하면 일방적인 영지전을 치러야 한다.

"권산 님, 무슨 좋은 수가 없겠습니까?"

매튜는 지푸라기라도 잡는 심경으로 권산을 바라보았다. 그래도 소드마스터가 있으니 한 줄기 희망은 있지 않겠는가.

"아직 정보가 부족하니 뭐라 답변할 수 없소. 모건 후작 측도 내가 이 영지에 있다는 사실을 알고 있으니 무슨 대비책을 준비했을 거요. 검술 대회에서 소드마스터를 출전시킨 가문이니 최소한 그 수준은 준비하겠지. 일단 마누엘 남작의 현재 상태를 알아내는 게 급선무요. 그가 암살 시도를 받은 바 없고, 멀쩡하다는 것을 대외적으로 퍼뜨린다면 영지전을 애초에 무산시킬 수도 있을 테니 말이오."

"그렇군요. 일단 마누엘 남작의 상태부터 파악해야겠군요."

권산은 고개를 끄덕이고는 재차 물었다.

"참, 궁금한 게 있소. 영지전에서 패배하면 어떻게 되오?"

"패배한다면, 노바첵 영지가 마누엘에 흡수될 테지요. 왕실에서도 묵인할 겁니다."

"반대로 이긴다면 어떻게 되오?"

"당연히 마누엘 영지가 노바첵에 흡수되지요."

"공정하다면 공정하군. 일단 영지에 들어와 있는 외부 용병단이 떠나기 전에 매튜 남작께서 전쟁 의뢰를 하는 게 좋을 듯싶소. 내가 부른 브레이브 용병단과 록스타 영감이 부른 디펜더스 용병단을 일단 전력으로 삼으면 50명이 추가되오. 경비대 50명까지 하면 일단 100명으로 전력을 불리는 것이지."

매튜가 수긍하며 가신 한 명을 불러 바로 용병단 의뢰를 지시했다.

권산이 발언을 계속 이어갔다.

“추가적으로 적들에게 모건 후작의 지원군이 가세할 것을 가정한다면 우리도 우방에게 지원을 받는 게 좋을 듯싶소. 혹여 영지전의 규칙에 어긋나오?”

“아닙니다. 선전포고 후에 날을 정해 평야에서 하루 동안의 대회전으로 승패를 짓는 것만 지키면 타 영주에게 지원을 얼마를 받든지 규칙은 따로 없습니다. 하지만 전례를 보면 영지전의 주도권이 아예 제삼자에게 넘어갈 만큼의 지원군은 왕실에서도 견제한 것으로 알고 있습니다.”

“그렇다면 일단 50명 정도의 지원군을 최대로 잡아야겠소. 노엄 공작에게 지원을 요청해 보는 건 어떻소?”

매튜는 과거 검술 대회가 끝난 뒤 권산이 했던 말을 상기했다.

노엄 공작만은 자신의 경지를 꿰뚫어 봤으니 그의 편에 서면 타 귀족들의 견제를 물리칠 수 있을 거라 했던 대목이었다.

“이렇게 빨리 견제를 받을 줄 미처 몰랐군요. 당장에 노엄 공작은 어렵습니다. 그의 영지는 우리와는 너무 멀어서 육로로 지원군을 보내준다 해도 이미 영지전은 끝난 뒤이겠거니와, 지형적으로 노바첵의 입구를 마누엘 영지가 틀어막고 있기 때문에 우리와 합류하지도 못할 것입니다.”

“안타깝게 됐군. 육로가 막혔다면 수로는 어떻소? 실피르 강을 타고 하류로 내려갈 수도 있을 텐데?"

매튜가 로뎀을 바라보았다. 아무래도 영지 정세 파악이 아직 덜 된 탓이다.

"음… 그건 가능합니다. 실피르 강 하류 쪽으로 20㎞를 내려가면 블레어 백작령이 나오지요. 실제로 교역 상단의 배가 그 경로를 통해 영지에 오곤 하지요."

"블레어 백작가라……."

권산에게도 익숙한 이름이었다. 검술 대회에서 발군의 실력을 보인 제인 블레어라는 여기사가 있는 영지가 아닌가. 뭔가 협상이 가능하겠다는 육감이 뇌리를 스쳤다.

"작은 배를 하나 내주시오. 내가 직접 블레어 백작가를 설득해서 지원군을 받아내겠소. 매튜 남작께서는 미나가 도착하는 대로 그녀에게 흘러가는 정세을 소상히 일러주시오. 그녀와 나는 통신 아티팩트가 있으니 그녀를 통해 정세를 전해 듣겠소. 나도 블레어 백작가에서 일이 마무리되는 대로 미나를 통해 말씀드리겠소."

매튜가 걱정스럽다는 표정으로 물었다.

"백작을 설득하려면 뭔가를 내줘야 할 텐데 광산을 제외하고는 우리가 그들에게 줄 만한 게 없지 않습니까. 그렇다고 광산의 비밀을 외부에 유출하는 건 더 큰 화를 불러일으킬 것 같고요."

"광산을 거래할 수는 없소. 그걸 잃지 않기 위한 영지전인데 그걸 엉뚱하게 블레어가에 내줄 수는 없지. 내게는 블레어 백작을 설득할 무기가 있소."

"그게 어떤……."

"일이 성사되면 그때 말해주겠소."

6장
블레어 백작가

새벽녘의 안개를 헤치며 권산은 강의 수로를 따라 배를 타고 하류로 내려갔다.

영지에 몇 척 없는 고기잡이배에 네 명의 어부가 노를 저어서 하류로 내려가는 것이다. 유속의 흐름을 타서 그런대로 수월했지만 상류로 올라올 때는 무척 힘이 들 듯했다.

1시간 정도가 지났을까. 강변 지형이 완만해지며 농부들의 손을 탄 경작지가 모습을 드러냈다. 노바첵 남작령에 비하자면 5배는 큰 넓은 초지와 농지가 나타났고, 1천 호 정도의 가호가 있을 법한 마을의 중심에 실피르 강이 관통했다.

권산은 부두에 내려 다가온 경비대에게 매튜의 귀족 인장을 보여주며 영주성에 안내해 줄 것을 요청했다.

경비대와 권산이 영주성 방향으로 사라지자 어부들은 배를 돌려 노바첵 영지가 있는 상류로 노를 저었다. 돌아가는 건 알아서 하겠다는 권산의 언질이 있었기 때문이었다.

'백작령이라서 그런지 마을 전체가 외성의 보호를 받고 있군. 영주성 자체가 내성 규모로 군사를 조련할 만한 규모다. 이 정도는 되어야 독립된 지방 세력이라 자처할 수 있겠다.'

영지의 인구수는 4인 1가구로 보면 어림잡아 4천 명 전후일 터였다.

평상시는 200명 규모의 상비군을 경비대로 운용하다가 비상시 각 가호당 1명의 군사를 차출하면 최대 1천 명 규모의 정규군을 편성할 수 있다.

별도로 기사단을 보유하고 기사의 종자까지 보병으로 참전시키면 1,100명 규모의 군대를 편성할 수 있으니 실상 백작급의 작위와 영지는 가져야 군사력과 경제력을 가진 독립 영주라 할 만했다.

권산이 내성에 들어 접견실에서 잠시 대기하자 백작가의 집사가 나타나 그를 영주실로 안내했다.

복도를 걸으며 보이는 건축물의 크기와 화려함은 남작의 성에 비할 바가 아니었다.

"백작님, 노바첵 남작의 사신입니다."

"들어오라."

권산이 영주의 집무실에 들자 그곳에는 화려한 복색을 한 장년의 남성이 티 테이블에 앉아 차를 음미하고 있었다. 정돈된 붉은 콧수염이 인상적인 사내였다.

그는 잠시 눈을 감고 차의 향을 맡다가 눈을 뜨고 남작가에서 보낸 사신의 얼굴을 바라보았다.

노바첵의 신임 남작이 인접 지역의 영주에게 인사치레 겸 줄서기를 할 목적으로 사신을 보냈을 거라 짐작이 되었다.

'제인이 대회에서 우승했다면 노바첵 영지를 먹을 수 있었는데 아쉽게 되었지. 어디 사신 얼굴이나 볼까.'

이든 블레어 백작은 대회를 관전하던 그 순간이 잠시 떠올랐다.

수준급의 경기가 여럿 있었고, 특히 제인의 검술에 흡족함을 느껴서인지 유독 생생히 기억이 났다.

그는 권산의 얼굴을 보고는 깜짝 놀라 자리에서 일어났다.

"너… 너는 그 소드마스터?"

"노바첵의 사신으로 온 권산입니다."

블레어 백작은 떨떠름한 표정을 지으며 권산에게 자리를 권유했다.

상대는 소드마스터다. 대회에서 어떤 활약을 했는지 똑똑히 보지 않았던가.

“자네는 구면이로군. 대회에서 내 딸과 겨루는 걸 잘 봤네. 노바첵 남작이 소드마스터를 사신으로 보낼 줄이야… 이만한 예우를 해주니 몹시 기쁘군.”

“빼어난 실력의 따님에게 곤욕을 치른 경험이 있는데 이렇게 블레어 백작님을 뵙게 되는군요. 노바첵 남작의 인사 편지는 여기 가지고 왔습니다.”

권산은 품에서 매튜의 편지를 꺼내 백작에게 건네었다.

블레어 백작은 편지의 봉인을 뜯고 얼추 읽어보더니 옆에서 있던 집사에게 넘겼다.

권산은 편지의 내용에 귀족들이 으레 주고받는 하나 마나 한 인사치레가 가득할 것임을 쉬이 짐작했다.

“따로 긴요한 이야기는 자네가 직접 할 것이라 써 있군. 어떤 이야기인가?”

권산은 마누엘 남작이 누명을 씌워 영지전을 걸었다는 사실을 곧이곧대로 설명했다.

마누엘 측에서는 모건 후작가의 지원을 받을 것이 뻔하기 때문에 노바첵에서는 블레어 가문의 도움이 절실하다는 점을 중점적으로 꺼냈다.

“이런 사유로 블레어 백작가에서 기사단을 지원해 주셨으면 합니다.”

"허… 참……."

블레어 백작을 혀를 끌끌 찼다.

귀족 사회의 흉험한 경험으로 닳고 닳은 자신이 보건대 이 일은 마누엘 남작을 이용한 모건 후작의 음모라는 느낌이 들었다.

다만 누가 있어 젤란드의 떠오르는 실세인 모건 후작과 대적하고 싶어 한단 말인가.

'모건 후작이 노바첵 영지를 몹시 탐내는군. 그렇게 그 땅이 가치가 있던가?'

자신이야 인접 영지를 먹으면 관리가 편한 장점이 있었기 때문에 딸을 검술 대회에 내보냈었지만 관할 영지도 먼 모건 후작이 제국의 소드마스터까지 초빙해서 검술 대회에 내보낼 줄은 상상도 못 한 백작이었다.

검술 대회 우승이 뜬금없이 나선 일개 남작가로 인해 좌절되어 자존심은 상할 수 있겠지만 모건 후작이란 사람은 자존심 때문에 영지전을 벌일 사람이 아니었다.

'득도 없는 일에 끼어들 수 없지.'

블레어 백작은 완곡하게 거절하기로 마음먹었다.

"솔직히 우리가 기사단을 지원해 주면 노바첵이 우리에게 뭘 줄 수 있는지 모르겠네. 어지간해서는 모건 후작과 대적하는 위험을 감수하면서 노바첵을 지원할 귀족은 없을 것이네."

권산은 크게 한숨을 쉬며 공감했다.

"옳은 말씀이십니다. 궁핍하고 물산도 부족한 노바첵에서 원하실 만큼 충분한 물적 보상을 해드릴 수는 없는 일이지요. 그래서 제가 제안할 수 있는 가장 강력한 것을 내놓겠습니다."

블레어 백작은 거절의 변을 계속 이야기하려다가 권산의 마지막 말에 귀가 솔깃하는 것을 느꼈다. 가장 강력한 것을 내놓겠다니.

"그게 무엇인가?"

"제인 블레어 경을 소드마스터로 만들어 드리겠습니다."

"뭣!"

블레어 남작은 대경실색하며 일어섰다. 블레어가에서 소드마스터를 낸다면 젤란드에서는 6번째가 된다.

소드마스터가 가진 전투력이라면 마법 무기를 가진 기사 10명도 상대할 수 있고, 드워프제 전투 군장이라도 갖게 되면 100명의 기사를 홀로 상대할 수 있다.

그야말로 가공할 전쟁 병기가 되는 것이다. 때문에 소드마스터를 배출했다 하면 왕실에서도 가문에 많은 지원을 하게 된다.

'이자가 제인을 소드마스터로 만들어준다고?'

외동딸이 여기사로 성장할 수 있도록 투자한 게 얼마던가.

당연히 그 끝에는 그녀가 포스를 각성하여 소드마스터가 됐으면 하는 기대가 자리하고 있었다.

"어떻게! 어떻게 그게 가능하지? 제국 출신의 소드마스터까지 초빙해서 제인을 가르쳤어도 아직 포스를 깨닫지 못했거늘."

권산은 자신만만한 표정으로 백작의 눈을 쏘아보았다.

"제게는 비법이 있습니다. 제인 정도 수준이라면 3개월이면 충분합니다. 제가 소드마스터가 된 것도 그 비법을 배웠기 때문이죠."

블레어 백작이 자리에 앉아 잠시 고뇌에 빠졌다.

포스를 깨닫는 것은 말로 가르친다고 알 수 있는 게 아니다. 오죽하면 각성이라고 표현할까.

제인의 검술 교육에 관심이 큰 백작이다 보니 그 정도는 상식으로 알고 있었다.

권산도 백작의 표정으로 욕망과 고뇌를 읽었다. 아무래도 더 생각할 시간을 주면 곤란할 듯했다.

"제인 블레어 경을 불러주시죠. 그 뒤에 그녀에게 물으시면 어떤 결정을 내리실지 자연스레 알게 되실 겁니다."

"알겠네. 지금 수련을 하고 있을 시간이니 직접 가지."

둘은 집무실에서 일어나 연무장으로 내려갔다.

얼마나 백작이 제인에게 거는 기대가 컸는지 잘 정비된 연무장만 봐도 알 수 있었다.

제인은 한바탕 수련을 마치고 물을 마시고 있었는데 갑옷을 벗은 모습은 권산도 처음 보는 것이다.

타는 듯한 적발에 붉은 입술, 땀에 젖어 굴곡진 몸에 달라붙은 수련복이 놀랄 만큼 매력적인 여성이었다.

'이 세상에서 본 여성 중에 가장 아름답군.'

"아버지 무슨 일이시죠?"

제인은 수련용 레이피어를 땅에 꽂고 걸어오며 백작과 권산을 바라보았다. 그녀의 흔들리는 눈동자를 보건대 권산을 알아본 모양이지만 본래 성격이 그런 건지 먼저 알은척을 하지 않았다.

"오늘도 수련에 열심이구나. 잠깐 할 얘기가 있다."

블레어 백작은 제인을 이끌고 잠시 장소를 이동해서 귓속말을 건네었다.

굳이 청력을 집중하지 않아도 '저자가 너를 소드마스터로 만들어줄 비법이 있다는데 믿을 수 있는지 알아봐라' 정도의 대화가 있을 터였다.

백작이 제인의 어깨를 두드리고는 권산에게 다가왔다.

"잠시 비켜주겠네."

이윽고 연무장에는 권산과 제인 둘만 남았다. 제인은 권산에게 다가와 그를 쏘아보았다.

"대회 이후로 다시 보게 되네. 소드마스터의 경지를 밟았으니 검도를 걷는 자로서 예우는 해주겠어. 하지만 얼토당토아니한 거짓말로 아버지를 속이려 했다면 단념하는 게 좋을 거야."

"왜 거짓말이라고 생각하지?"

"포스의 각성은 가르친다고 알 수 있는 게 아니니까."

권산은 고개를 절레절레 젓고야 말았다.

'완전히 고정관념화되었어.'

기공의 입장에서 보자면 내공의 체득과 응축, 운기행공은 어떤 내공심법을 익히든지 간에 비교적 초입에 깨닫게 되는 부분이다.

그만큼 인체의 혈도학이 발달해 있고, 사문마다 어떤 혈도를 통해서 내기를 주천시킬지에 대한 방법론은 구결이라는 수단으로 구분되지만 그 뼈대는 같다고 할 수 있다.

그러나 이 세계의 검술은 육체 단련과 무의식적인 호흡을 통해 포스를 체내에 받아들이면서도 이를 어떻게 인지하고 활용할지에 대한 이론적 기반이 없다.

그러니 죽어라 검을 휘둘러 불현듯 기의 흐름을 자각하고 나서야 비활성화된 상태로 쌓인 포스를 사용할 수 있게 되는 것이다.

"그건 편견이야. 내가 당신에게 전수할 것은 포스연공술이라 하지. 포스연공술의 요체는 우리 몸속에 포스가 흘러 다니기 좋은 길이 있고, 정신력을 통해 몸 구석구석에 잠재된 포스를 이 길로 인도하는 데 있어. 그 길은 포스 로드(Force Road)라 하는데 수천 개의 포스 노드(Force Node)의 집합이라고도 할 수 있지. 지금 단계에서 말해도 이해하지 못하겠지만, 포스 노드로 우리 몸에 8개의 거대한 포스 통로를 만들 수 있는데 이를 기경팔맥이라고 해. 기경팔맥을 중심축으로 해서 무수한 갈림길 중 어디로 포스를 흘리느냐를 가지고 포스는 무한한 모습으로 변용되고, 또 이를 응용해서 무술을 만들 수 있지."

"포스 노드를 통한 포스연공술이라… 그럴싸하긴 한데 증명할 수 있어?"

권산은 아주 쉬우면서도 즉각적으로 증명할 방법이 있었다.

바로 그녀의 명문혈에 내기를 불어넣어 강제로 운기행공을 돕는 방법이었다.

기감이 아주 둔하지 않는 이상 대번에 몸속 혈도를 오가는 내기를 느끼게 될 것이고, 그 감각만 느끼게 해줘도 포스를 자각시키는 데는 문제가 없으리라. 하지만 권산은 그 방법을 쓸 생각이 없었다.

'영지전에 블레어 백작가가 확실히 참전하기 전까지는 곤란

하지.'

외력에 의한 강제적인 운기보다는 제인 스스로가 해내는 편이 더 낫다는 생각을 떠올리며 권산은 천연덕스럽게 대답했다.

"말처럼 쉽진 않지만, 내게 3일의 시간을 주면 내 말이 진실인지 거짓인지는 스스로 알게 해주겠어."

제인은 조금은 미덥지 않다는 투로 마지못해 승낙을 했다. 공연히 엉뚱한 자에게 수련 시간을 뺏기는 것 같은 기분 때문이었다.

'그래도 소드마스터인데 배울 점은 있겠지.'

그로부터 3일 뒤.

권산은 검술이 아니라 일종의 체조를 집중적으로 가르쳤다.

무술의 기본을 다질 때 근골의 유연성과 혈맥을 단련할 때 배우는 달마십팔수라는 것인데 일종의 도인술이다.

성미가 급한 제인은 이 느린 동작에 애를 먹었지만 3일간 반복하자 수준급으로 흉내 내고 있었다.

"뭔가 느껴진다."

제인은 몸속 깊은 곳에서 좁쌀만 한 이물감이 몸동작에 맞춰 이리저리 움직이는 것을 느꼈다.

의지로 움직이는 건 아니지만 체조 동작에 맞춰 규칙적으로 느껴졌다.

"이 도인술은 특정한 몸동작과 호흡이 일치하는 순간 의지와는 무관한 포스의 유동을 만들어내. 포스는 하나의 에너지로 볼 수 있는데 저항이 적은 곳을 통해 흐르려는 성질이 있어. 이 도인술의 몸동작 하나하나에는 노드의 저항을 낮춰 포스의 길이 한 방향으로 열리게 하는 공능이 녹아 있지."

제인은 묵묵히 입을 닫고 느껴지는 포스의 움직임에 집중하며 동작을 반복했다.

"물이 가득 찬 잔에 한 방울의 물방울이 떨어져야만 물이 흘러넘치고, 99도씨의 물에 1도씨의 열이 더 가해져야 수증기가 되듯 포스를 자각한다는 건 이미 포스를 발현할 만큼 충분하게 축기를 이룬 기사여야만 가능하다는 게 내 생각이야. 당신은 그 자격을 이미 갖췄어."

권산을 일단 그 정도로 전수를 중단했다.

"이 체조만 반복해도 몇 년 내에는 포스를 깨달을 수도 있겠지만, 내가 블레어 백작님께 약속한 시간이 있으니 속성이 가능한 포스연공술을 전수하겠소. 하지만 이론이 꽤 복잡해서 연무장 수련은 접고 공부를 좀 해야 하오."

"그렇다면 집사에게 말해서 적당한 장소를 잡고 알려줄게."

제인의 말투는 3일 전과는 확연하게 달랐다. 몸으로 느끼는 게 있으니 안 그럴 수도 없는 일이다. 권산에 대한 신뢰가 물씬 느껴지는 어투였다.

권산은 빙긋 웃으며 대답했다.

"그 전에 백작님과 우리 노바첵 영지전의 참전을 두고 대화를 해주지 않겠어?"

제인은 붉은 입술을 열어 시원하게 대답했다. 그녀가 처음으로 보인 미소와 함께였다.

"긍정적인 답변, 기대해도 좋아."

그녀가 사라지자 권산은 자신에게 배정된 방으로 돌아갔다.

"이데아 미나를 연결해 줘."

—알겠어요, 주인.

위성으로 중계하여 둘의 신호가 연결되자 권산의 화면 한쪽에 연결되었다는 문구가 뜨며 미나의 음성이 들려왔다.

—오빠, 일이 긴박하게 돌아가는데요. 마누엘 쪽에서 정식으로 사자를 보내 선전포고를 하고 병력을 정비하고 있어요.

"그래? 꽤나 서두르는군. 그쪽은 준비가 거의 되었단 뜻이겠지. 마누엘 남작의 상태에 대한 건 들어온 게 있어?"

—일단 암살 사건 이후에 영주성 안에서 꼼짝 않고 있는 것 같아요. 집사와 측근 몇 명만이 영주실에 출입하고 있다고 하네요. 그러니 직접 목격한 사람은 찾을 수 없어 확실하다고

는 할 수 없지만 간접적인 정보 하나는 얻은 상태에요

"간접적인 정보라면?"

—우리가 일전에 전대 영주 시해를 캐낼 때 만난 조리장 기억해요? 그 키 작고 배불뚝이 아저씨 있잖아요.

"그래, 기억이 나는군."

—그 조리장의 동생이 마누엘가의 조리실에서 일을 하는 모양이에요. 그 루트로 들어온 소식인데 마누엘 남작은 육류를 좋아해서 매끼마다 고기를 챙겨 먹다시피 하는데 암살 사건 이후의 영주 식사 역시 이전의 메뉴에서 딱히 바뀌지 않았다고 하네요.

"암살자에게 중상을 입은 사람이 육류를 즐겨 먹고 있다라… 역시 쇼가 맞군. 이로써 제3세력이 이간책을 쓰고 있을 가능성은 사라졌어."

—그쪽 영지로 잠입한 첩자들 정보로 모건가의 지원군이 거의 도착한 것 같다고 하네요. 이제 영지전은 코앞에 다가왔어요.

"맞아. 그들이 합류하면 곧바로 진군해 오겠지. 양측의 군세 비교는 어때?"

—우리 측은 상비군 보병 50명에 용병단 50명으로 총 100명이고, 저쪽은 용병은 없는데 상비군을 보강했는지 총 110명 정도로 일단 군세는 엇비슷해요. 모건가의 지원 병력은 아무래

도 기동성이 좋은 기사단이 될 확률이 높으니 기마병이 30명 정도 추가될 수 있어요.

"음… 역시 블레어가의 기사단을 다 끌고 가야 수가 비슷해지겠어. 오늘 중에 블레어가의 참전 여부를 알 수 있을 거야. 그럼 곧바로 돌아갈게."

권산이 미나와의 통화를 끊자 문 밖에서 시종장의 목소리가 들려왔다.

"지금 영주실로 와달라는 백작님의 전갈이 있습니다. 지금 가시겠습니까?"

권산은 문을 열고 나가며 말했다.

"그러지요."

시종장이 권산을 안내한 뒤 사라지자 권산은 열린 문으로 영주실로 들어갔다.

그곳에는 블레어 백작과 제인, 갑주를 차려입은 대여섯 명의 기사들이 자리해 있었다.

"권산 경, 우리는 결정했다네. 라이온 기사단을 파병하겠네. 기사단장인 제인과 휘하 단원 30명이 노바첵의 지원군으로 갈 걸세. 영지전은 불과 하루 이틀 사이에 승부가 날 것이니 최대한 적재적소에 기사단을 써주게."

"노바첵은 블레어의 은혜를 잊지 않을 것입니다."

"다 주고받는 게 있어 하는 거니 은혜는 됐고, 영지전이 끝나는 대로 제인에게 비법을 마저 전수해 주게. 설마 변심하거나 하진 않겠지?"

블레어 백작은 웃는 낯이었으나 은근하게 살기 띤 눈빛을 발하고 있었다.

속였다가는 노바첵 가문을 가만두지 않겠다는 의지가 절로 전해져 왔다.

"당장 오늘부터 비법을 전수할 것이니 염려 놓으십시오. 소드마스터의 명예를 걸고 약속드립니다."

"좋아, 좋아. 내 믿겠네."

블레어 백작은 집사를 불러 노바첵까지 기사단을 보낼 배편을 알아보라 지시했다.

수 시간 내로 상단의 수송선이 차출되었고, 라이온 기사단과 권산, 제인은 수송선 세 척에 나누어서 탑승했다.

기사들의 개인 장비와 종자, 전쟁 물자, 기마까지 배에 오르니 수송선이 금세 들어찼다.

"자, 상류로 올라갑시다."

수송선의 돛이 활짝 펴졌다. 남풍을 받아 조류를 거슬러 올라가기 위해서였다.

제인은 선수에 서서 팔짱을 끼고 있는 권산을 묘한 눈으로 바라보았다.

'어깨가 저렇게 넓었었나.'

이제껏 살아오며 진심으로 인정한 남자가 없었는데 만난 지 얼마 되지도 않은 권산의 존재가 점차 크게 다가왔다.

'칫!'

왠지 모르게 화가 나서 제인은 몸을 돌려 선창으로 들어가 버렸다.

배는 그렇게 노바첵 영지를 향해 힘차게 나아갔다.

7장
영지전

헤라스 평원.

노바첵과 마누엘 영지 사이에 펼쳐진 넓은 불모지의 이름이다. 그 평원에 3㎞ 거리를 두고 두 개의 군진이 세워져 있었다. 동쪽 군진은 노바첵, 서쪽 군진은 마누엘이었다. 권산은 블레어가의 지원군과 함께 노바첵 영지에 도착한 뒤 영지 병력이 이미 출발했다는 소식을 듣고 헤라스 평원까지 지원군을 이끌었다. 집사에게 아르고 용병단의 막사를 전해 듣고 지구의 일행들과 먼저 재회했다.

잠깐의 휴식 후 막사에 연락이 오자 일행 모두가 함께 중앙의 영주막사로 돌아갔다. 그곳엔 매튜, 랄프와 경비대 부대장들, 집사 로뎀, 브레이브, 디펜더스 용병단장들 그리고 이례적으로 록스타 영감까지 참석해 있었다.

상석에 앉아 있던 매튜가 자리에서 일어나며 말했다.

"권산 님, 잘 오셨습니다. 블레어 백작가에서 돌아오자마자 이렇게 일이 벌어졌군요. 라이온 기사단도 모두 짐을 풀고 마구를 정리하고 있으니 일단 여독을 좀 푸시죠?"

"언제 적들이 쳐들어올지 알 수 없으니 그럴 수는 없소."

"그건 걱정 안 하셔도 좋습니다. 선전포고문에 따르면 영지전은 최소한 3일 후에 시작이니까요."

"믿을 수 있겠소?"

"영지전의 규칙을 지키지 않을 수는 없습니다. 규칙을 어기면 왕실에서 개입할 테니까요."

매튜의 설명에 따르면 영지전은 지켜야 할 삼대 원칙이 있었다. 영지전은 일종의 내전이기 때문에 중앙의 통제가 약한 봉건제 국가라 해도 왕실이 강하게 개입하여 규칙을 만들어 놓은 것이다.

양측은 선전포고문의 개전일을 준수한다.

전장은 개활지로 한다.

상대 영주를 사로잡는 쪽이 승리한다.

'권모술수가 난무하는 것이 전쟁이거늘, 이곳 귀족들에게는 한낱 게임의 일부인 것 같군.'

본격적으로 작전 회의가 진행됐지만, 병력을 어떻게 배치할지, 어떻게 사기를 올릴지 정도의 기본적인 이야기만 오갔다. 언제 싸울지, 어디서 싸울지, 어떻게 하면 승리할지를 모두 정하고 있는 전쟁이기 때문에 사실상 정공법 외에는 길이 없었다.

권산은 묵묵히 생각을 하며 모두의 의견을 들었지만 이런 전장에서는 기책을 짜내기란 불가능한 일이었다.

"권산 님은 생각하신 바가 있으십니까?"

모두의 시선이 모였으나 권산은 고개를 가로저었다. 상대의 전력에 대한 것 외에는 제대로 된 전술 정보가 없는데 섣불리 전략을 펼 수는 없었기 때문이다.

"좀 더 생각해 본 뒤 말하겠소."

작전 회의가 파하고 아르고 용병단 막사로 들어오자 일행은 다시금 둘러앉았다. 권산은 각자에게 물었다.

"겨우 몇백 명 단위의 작은 전투이긴 하지만, 정공법으로 양측이 맞붙으면 사상자가 많이 나올 거야. 모두 결과가 어떻게 될지 생각한 것을 말해보겠어?"

미나가 먼저 입을 열었다.

"제가 이런 일에 전문가는 아니지만 우리 쪽이 유리할 것 같아요. 마침 록스타 영감님이 참전하겠다는 뜻을 밝혀서 병력들 모두 마법 무구를 갖출 수 있었어요. 그걸 미끼로 광산의 지분을 조금 더 챙기긴 했지만요. 이 세계의 전투야 누가 더 나은 무기와 갑옷을 가졌냐가 관건 아니겠어요?"

권산도 공감한다는 듯 말을 덧붙였다.

"물론이야. 록스타 영감이 나서줘서 우리 쪽 사상자 걱정이 많이 줄겠어. 강철중은 생각이 어때?"

이번에는 강철중이 양손으로 얼굴을 비비며 대답했다.

"저는 쉽지 않을 거라 보고 있습니다, 단장. 승리 조건이 누가 먼저 상대를 전멸시키느냐로 하면 미나 씨의 의견이 맞을 수도 있지만 상대 영주를 잡기만 하면 이기는 싸움이라 기사단 전력이 강한 쪽이 유리합니다. 기사단의 돌파력이라면 수십 명 단위의 중장보병으로는 막을 수 없으니까요. 오늘 정찰한 바에 따르면 모건 후작가의 썬더 기사단이 60명이나 적진에 와 있다더군요. 그 전력이면 우리 쪽 라이온 기사단보다 우위가 아닙니까."

강철중의 말도 일리가 있었다. 급조한 군진의 방벽은 마차와 수레, 대기병용 목책 정도로 보호되고 있으니 강력한 기병의 쐐기와 같은 돌파력이라면 일시에 영주가 붙잡히고 만다.

"진광, 자네 생각은 어때?"

"크하하. 설마 단장이 있는데 우리가 지기야 하겠습니까? 솔직히 단장의 개인 무력으로 상대 기사단쯤 죽사발을 낼 수 있잖아요. 결국 단장이 방어 포지션에 있느냐 공격 포지션에 있느냐만 잘 결정하면 이 전쟁은 이긴 거나 다름없을 겁니다."

"눈먼 칼에 장사 없다, 진광. 그리고 내가 영원히 이 영지에 붙어 있지 않을 바에야 그런 식으로 전쟁을 치를 수는 없어. 진광, 너는 내가 공격과 방어 어느 쪽에 있어야 할 것으로 보느냐?"

"당연히 공격이죠. 원톱으로 나가시고 라이온 기사단이 뒤를 좀 받쳐주면 마누엘의 영주 대리 따위 붙잡는 건 일도 아닐 겁니다."

권산의 크게 한번 웃고는 진광의 어깨를 두드려 주었다.

"아니다. 나는 방어 쪽에 있을 거야. 상대도 바보가 아닌 이상 나를 막기 위한 대비책은 가지고 있을 거야. 섣불리 뛰어들 수는 없는 일이지. 또 내가 본격적으로 공격에 나서면 미나를 보호할 사람이 없어. 그러니 이번 영지전의 공격 축은 내가 아닌 다른 두 사람이 될 것이다."

미나가 물었다.

"다른 두 사람이라면 누구죠? 한 명은 제인 블레어 경일 테고……."

권산은 씽긋 웃었다. 그의 입에서는 누구도 예상치 못한 인물의 이름이 튀어나왔다.

"록스타 마일드스톤. 그 드워프 영감이 소드마스터거든."

다음 날 권산은 강철중과 진광을 데리고 헤라스 평원을 정찰했다. 일출과 일몰, 풍향, 지형, 황무지 식생, 기후를 살폈고, 전략에 활용할 만한 요인을 뽑았다.

'새벽에 올라오는 안개, 동에서 뜨는 태양, 안개를 걷어내는 동풍, 건조하게 마른 테레스켄 대지, 북쪽의 모래땅 정도가 쓸 만하군.'

애초에 개활지에서 벌이는 정면 싸움에 계책이 끼어들 여지는 별로 없다.

결국 힘 대결로 승부는 나게 되겠지만, 예상치 못한 방식으로 혼란을 준다면 적지 않은 효과가 있을 것이다.

'상대는 기사단의 전력이 우세이기 때문에 초반부터 매튜를 노리고 일점 돌파 해올 가능성이 크다. 하지만 매튜를 본진에 두지 않고, 미끼로 세운다면 본진이 기사단의 공격을 받을 일은 없겠지.'

권산의 뇌리에 어떤 그림이 그려지는 듯한 영감이 찾아들었다.

변수는 많다. 이 세계의 문명 수준에서 벌어지는 전투이니 상식 밖의 행동이 나올 수도 있고, 마법이라는 변수, 아군끼리도 서로 집단 훈련이 되어 있지 않은 리스크, 적들의 준비 태세 등도 미지수투성이였다.

'기본 뼈대는 세웠다. 나머지는 각 지휘관의 개인기에 맡기는 수밖에.'

권산은 그날 밤 작전 회의에서 자신이 구상한 계책을 풀어헤쳤다. 록스타는 자신을 너무 많이 부려먹는 게 아니냐며 투덜거렸고, 용병단장들은 의외로 용병들을 사지로 몰아넣지 않는 전술에 안도하는 모습이었다.

"매튜 남작께서 가장 위험할 수 있는 작전인데 괜찮겠소?"

"내 영지를 지키기 위한 전쟁인데 내가 가장 위험해야 하는 건 당연한 것 아니겠습니까? 전 상관없습니다. 더구나 권산 님이 보호해 주시니 오히려 안심입니다."

"그럼 좌군은 록스타 영감님과 제인 블레어 경 예하 라이온 기사단이 맡으시고, 중군은 랄프 경과 경비대에 우리 아르고 용병단이 합세하고, 우군은 브레이브와 디펜더스 용병단이 맡아주시오. 총지휘는 중군의 랄프 경이 해주시오. 빠른 의사소통을 위해 제가 가지고 있는 통신 아티팩트를 각 지휘관들에게 전달하겠소."

결전의 날 아침.

여느 때처럼 새벽안개가 헤라스 평원을 뒤덮었고, 동이 터오는지 동녘에 주황빛 햇살이 안개를 뚫고 퍼져 나가고 있었다.

영지전의 약속된 개전 시각이긴 했으나 이른 아침인 데다 안개 덕에 시야가 나오질 않자 고요하고 무거운 분위기만이 평원을 잠식하고 있었다.

"으아악!"

"크악!"

마누엘 군진에서 평원에 전개된 초병들의 비명이 연달아 들려오자 군진에서는 적습을 파악하고 뿔 나팔을 불러 초병들을 불러들였다. 그러자 더 이상 초병들을 잃지는 않았으나 여전히 짙은 운무 덕에 노바첵 병력이 얼마나 접근했는지 확인할 수 없어 간혹 화살을 날리며 해가 뜨기를 기다렸다.

"빌어먹을 노바첵 놈들, 잠도 안 자고 습격을 하다니."

"밥은 먹고 싸워야지."

해가 뜨며 동풍이 불자 안개가 걷히며 사위가 드러났다. 너른 들판에 초병 네댓 명이 자리에서 널브러져 쓰러져 있었고, 그 앞에 검은 갑옷의 기사가 한 명 오연히 서 있었다.

모건 후작의 심복이자 이번 영지전의 총사령관을 맡은 썬더 기사단장인 머튼은 저 기사가 누구인지 대번에 알아챘다.

"놈이다. 저자가 바로 노바첵의 소드마스터다."

"홀로 쳐들어오다니 이렇게 오만할 수가."

"단장님, 썬더 기사단의 힘을 보여줍시다."

썬더 기사단원들이 분개하며 말을 몰아 군진을 뛰쳐나가려 했으나 머튼이 그들을 제지했다.

"아무리 소드마스터라지만, 기사단 전체가 저자 하나 상대하자고 돌진하면 우리군 사기가 어떻게 되겠느냐? 조금 이른 감은 있지만 로즈 시큐리티의 지원을 받겠다."

머튼은 기사단의 한쪽에 우람한 갈색마를 타고 있는 세 명의 남자를 바라보았다. 투구를 쓰고 있지 않아 완전히 벗겨진 3개의 대머리가 태양 빛에 반사되어 번들거렸다.

"매드 트라이앵글이 지금 나서주시겠습니까?"

"까짓 그러지 뭐. 가자 형제들."

세 명의 대머리 기사가 말을 몰아 빠르게 권산에게 접근했다. 양쪽 군진의 모든 이목이 그들을 향하며 북소리와 함께 함성이 터져 나왔다.

둥둥둥둥!

"와아아아아!!"

권산은 세 명의 대머리 기사가 말에서 내려 가까이 올 때까지 팔짱을 끼고 가만히 지켜보았다. 가장 맏형으로 보이는 대머리가 권산을 쳐다보며 물었다.

"네가 데스먼드를 죽인 그 빌어먹을 놈이냐?"

"그렇다면?"

"우린 매드 트라이앵글에게 사지를 찢겨서 죽게 되겠지."

"그것참 촌스러운 이름이군."

세 명의 대머리는 권산의 도발에 크게 흥분하며 롱소드를 뽑아 들었다. 셋은 권산을 중심으로 품자 형태로 둘러싸며 거침없이 선공을 날렸다.

"죽어라, 미친놈!"

매드 트라이앵글의 입은 시정잡배처럼 험했으나 실력은 결코 그저 그런 수준이 아니었다.

시작부터 그들은 오리하르콘 소드로 오러를 뽑아냈고, 준비한 합격술을 전개하자 물 샐 틈 없는 검광이 권산을 금방이라도 난도질할 듯했다.

'도무지 빠져나갈 구석이 없군. 삼재진의 개량형 수준이라 할 만하다.'

권산은 용살검법의 방어 초식을 펼치며 그들에 대항했고, 연신 강맹한 검기가 충돌해 대자 사위에 폭음과 섬광이 터지며 지켜보는 수백 병사의 눈가를 간질였다

"세상에 소드마스터가 4명이나 싸우다니."

"그런데 혼자서 엄청 잘 싸우는데?"

권산은 자로 잰 듯하게 정교한 합격을 펼치는 매드 트라이앵글을 보며 점점 더 회피할 경로가 차단되고 있음을 느꼈다. 이들은 절정고수 초입 수준으로 약간의 빈틈도 없이 계산한

대로 칼을 찔러 넣는지라 초식으로는 이들의 합격을 파훼하기 쉽지 않았다.

하지만 그에게는 몸을 부딪치지 않고도 적들을 밀어내는 비기가 있었다.

"합. 벽력탄강기."

권산이 기공을 끌어 올리자 파지직 거리는 뇌전의 구체가 퍼져 나가며 매드 트라이앵글의 공세를 동시에 밀어내었다.

"이… 이게 무슨 기술이지?"

"이런 오러가 있었다니!"

물리력과 함께 전격을 퍼뜨리는 벽력탄강기가 터져 나오자 매드 트라이앵글은 전기에 감전된 듯한 찌릿한 느낌을 받으며 경력이 파고드는 것을 느꼈다.

"안 되겠다. 물러나!"

권산은 셋의 포위가 느슨해진 틈을 타 출룡십삼각의 각법을 전면의 가까운 대머리에게 전개했고, 무방비로 얻어맞은 대머리는 그 충격에 20미터나 날아가며 피를 토했다. 권산으로서도 기공을 모아 작심한 듯 때린 연격이기에 최소한 내장이 뒤집혔을 터였다.

"셋째야!"

성난 대머리 둘이 다시 오러 블레이드를 뽑아내며 목과 다리를 동시에 수평으로 베어 들어왔다.

상단을 막으면 하단이, 하단을 막으면 상단이 베이는 합격으로 교묘하게 사방을 점하는 움직임은 뒤로 물러나거나 참격으로 동시에 맞부딪치는 것이 유일한 방법으로 보였다.

'하지만 그래서야 셋째 대머리가 회복할 틈을 주겠지.'

권산은 몸을 허공에 띄우고 공중에 눕듯이 신체를 움직여 짧은 기합과 함께 온몸을 비틀었다.

폭풍 같은 검기가 사방에 비산하며 상방과 하방이 일시에 쓸려 나갔다.

용살검법 전반식 '회류무극'의 비기였다. 마치 얼마 전 견식한 칼라일의 '토네이도 엑스'와 흡사했으나 그 회전력과 안정성은 감히 따라할 수 없는 경지였다.

"끄아악!"

"크억"

촤아아아!

무자비한 칼날의 폭풍이 가공할 속도로 대머리 둘의 상체를 쓸자 갑옷이 난도질되며 엄청난 피 분수가 평원을 적셨다. 권산은 냉혹히 굳은 얼굴로 검에 묻은 피를 털고, 연이어 블랙 그래비티의 중량 증가 마법을 발동했다.

"마무리는 지어야지."

권산이 검을 던지자 손을 떠난 검은 포물선을 그리며 숨을 헐떡이고 있는 셋째 대머리의 머리로 떨어져 내렸다. 그가 부러진 갈비뼈를 부여잡고 간신히 일어나려던 찰나였다.

퍼억!

중량이 수백 킬로그램으로 증가된 검이 내리꽂히자 마침내 마지막 매드 트라이앵글이 절명했고, 노바첵 진영의 환호와 마누엘 진영의 적막이 그 뒤에 따라붙었다.

"제국에서도 이름 있는 매드 크라운이 저리 허무하게 당하다니. 이제 어쩔 도리가 없다. 썬더 기사단은 진영을 정돈하라."

머튼은 기사단을 독려하며 손수 말에 올라 이리저리 군진을 정돈했다. 권산은 그 모습을 보며 팬텀 아머를 해체하여 기마의 형으로 바꾼 뒤 말을 타고 냅다 도주했다.

"저……! 저!"

"단장님 적의 소드마스터가 도주합니다."

"지금 잡아야 한다. 전군 총진격하라. 썬더 기사단은 나를 따르고, 소드마스터를 쫓는다."

썬더 기사단 60인이 말을 타고 출발하자 질풍과 같은 기세에 대지가 진동했다.

두두두두.

마누엘가의 군세가 북소리에 맞춰 속보로 전진하자 노바첵의 군세는 예상과는 다르게 군진에서 나오지 않고, 방책에 의지한 수성전을 펼쳤다. 하지만 간이로 세운 목책과 마차가 어느 정도의 방어 효과가 있을지는 미지수였다.

권산은 자신의 뒤를 쫓는 기사단을 흘깃 보고 본진과 멀어지는 북쪽 방면으로 방향을 잡았다. 그곳은 노바첵의 우군이 권산을 기다리고 있었다.

"매튜 남작 합류하시오."

"알겠소."

매튜와 수행기사 둘이 합류하고 나서도 권산의 질주는 멈추지 않았다. 썬더 기사단의 선두에 서서 말을 몰던 머튼은 권산과 합류한 이들이 영주의 깃발을 가지고 있는 것을 보고 깜짝 놀랐다.

'노바첵 남작과 합류했다. 왜 남작은 본진에 있지 않고, 여기 있는 거지?'

영지전은 영주만 잡으면 끝이 난다. 일단 기사단을 돌진시켜 권산을 처리하고, 그 여세를 몰아 적의 본진을 난입해 영주를 잡을 계획이었지만, 친절하게도 이렇게 노바첵 남작이 권산과 합류해 주었다. 너무도 노골적인 계략의 향기가 난다.

'이런 개활지에서 저게 무슨 수작인가. 우리를 너무 우습게 봤군.'

머튼은 질주를 멈추지 않았다. 거리는 점차 좁혀지고 있었고, 적의 영주는 코앞에 있다. 놈들이 어설픈 수를 쓴 것이 오히려 독이 된 것임을 이제 알게 되리라.

"다 왔소."

권산과 매튜는 예정된 장소에 이르러 말의 속도를 줄이고 규칙적으로 방향을 꺾었다. 이곳은 권산이 지형 정찰 중에 발견한 모래땅으로 말의 발목까지 빠지는 무른 토질로 인해 군마를 재빨리 몰 수가 없는 곳이었다. 무리하게 속도를 낼 경우 십중팔구 낙마를 면치 못하게 되어 있었다.

히이이잉!

"조심해라. 땅이 이상하다."

선두의 기마대열 일부가 속도 조절을 하지 못하고 중심을 잃으며 낙마하자 연쇄적으로 우수수 기사단이 넘어갔다. 겨우 정신을 차리고 속도를 줄여 모래땅을 벗어나려 했지만 이번에는 모래 속에 감춰져 있던 트랩이 발동했다.

"섬광 트랩이다!"

"폭음 트랩이야."

트랩 자체는 살상력이 없었으나 말과 같이 오감이 민감한 동물을 혼란시키는 데는 충분한 효과가 있었다.

"이런 제길! 당했다."

썬더 기사단이 모래땅에서 벗어나지 못하는 사이 권산과 매튜는 그곳을 완전히 벗어나 노바첵 군진 방향으로 크게 우회했다.

"계획대로 흘러가는군요."

“노바첵 마법부가 트랩을 아주 제대로 깔아놓은 모양이오. 유인책이 이리 잘 먹히다니… 조금은 의외였소.”

노바첵의 군진에서는 양측이 방책을 사이에 두고 치열하게 교전을 벌이고 있었다. 소극적인 전투를 주문한 덕에 노바첵의 군사들은 상대를 밀어내는 데 중점을 두고 싸우고 있었는데 워낙에 드워프제 방어구를 제대로 갖추고 있었는지라 전선은 완전히 교착 상태로 들어가고 있었다.

“노바첵 가문은 일개 병사들까지 이런 중장 갑옷을 입혔단 말인가?”

“보통 갑옷이 아니야. 전신 갑옷인 데다 움직임을 보니 생각보다 경량인 것 같아. 설마하니 드워프제는 아니겠지.”

마누엘의 본진은 전군과 후군으로 나뉘어 있었다. 전군은 노바첵의 중군을 공략 중이었고, 후군은 조금 더 뒤에서 마누엘 남작 대리를 보호하고 있었다. 방책이 점점 쓰러지고, 중과부적에 치인 노바첵의 전선이 밀릴수록 전군과 후군의 이격이 점점 더 벌어졌다. 그러다 마침내 때가 되자 라이온 기사단이 좌군에서 출격했다.

“라이온 기사단은 나를 따라라. 적의 후군을 치고 수장을 사로잡는다.”

제인은 투구를 내려쓰고, 라이온 기사단과 전속력으로 돌진해서 마누엘의 후군을 들이쳤다. 제인의 옆에는 록스타 영감이 난생처음 보는 드라군이라는 이름의 기괴한 사족 보행 기계를 하체와 결합시켜 탑승했는데 놀랍게도 그 속도가 준마 못지않았다.

"크악!!"

"돌진을 막아라."

"장창을 들어."

기사단이 내지르는 랜서와 제인이 뻗는 장창에 걸린 적군은 여지없이 꼬치 신세가 되었고, 록스타가 휘두르는 자루가 긴 배틀해머에 걸리면 머리와 가슴이 갑옷째 으깨지는 신세가 되었다.

배틀해머에 푸른색 기운이 감돌자 망치는 그야말로 두부 으깨듯 상대를 날려 버려 록스타의 근방으로는 아무도 다가서지 못할 지경이었다. 뒤통수를 노려도 사족 보행 기계에서 몸통만 360도 회전이 가능하여 무인지경으로 적진을 휘저었다.

"내가 드워프 록스타다. 죽고 싶으면 나서라."

제인은 그 모습에 크게 자극받아 기마용 장창을 연거푸 찔러 길을 뚫었다.

"라이온 기사단의 힘을 보여줘라."

썬더 기사단은 후군이 적들에게 당하는 것을 지켜보며 겨우 모래땅을 벗어났다. 수 분만에 벌어진 일치고는 너무도 일방적으로 계략에 당하고 있어서 통곡을 할 지경이었다.

머튼은 최단 거리로 후군을 지원해 라이온 기사단의 후미를 치려 했지만 그 경로에 일단의 용병 무리가 자리해 있었다.

"단장, 노바첵이 고용한 용병대가 있습니다."

"진형 갖출 여유 없다. 그냥 밀어버려라."

썬더 기사단이 대열을 무시한 채 돌진해 오자 브레이브와 디펜더스 용병단은 준비한 수십 개의 기름통을 땅바닥에 던져 한 줄로 깨부쉈다. 이 순간을 위해 조리용 식용 기름까지 모조리 동원되었다.

"불씨를 던져라."

용병단이 기름에 젖은 테레스켄 대지에 불을 댕기자 불은 삽시간에 화르르 올라왔다.

히이잉!

말이라는 동물은 천성적으로 불을 무서워한다. 기름을 먹은 마른 불길이라서 그런지 화력은 무시 못 할 정도였고, 썬더 기사단은 도저히 그 불길로 뛰어들 수 없어서 이를 악물고 우회할 수밖에 없었다.

권산은 본진에 합류해 아르고 용병단과 함께 적의 전진을 저지했고, 그런 힘 싸움 끝에 마침내 라이온 기사단 쪽에서 함성이 터져 나왔다.

"마누엘의 영주 대리를 잡았다!"

"라이온이 적진을 무너뜨렸다!"

썬더 기사단이 막 후군에 도착할 무렵에 벌어진 일이었다. 썬더 기사단은 단 한 번도 창을 내질러 보지 못한 채 승리를 빼앗기고야 만 것이다.

"어… 어떻게 이리 빨리."

망연자실한 머튼이 헛웃음을 짓자 분노에 찬 기사 하나가 다가와 말했다.

"라이온 기사단에 소드마스터급 드워프가 합세해 있었습니다. 그 드워프와 기사단장의 돌진에 방어선이 무너지며 영주 대리가 사로잡힌 모양입니다."

머튼은 이를 악물었지만 딱히 도리는 없었다. 이미 승부는 났고, 보는 눈은 많다. 힘으로 해보려 해도 적진에는 소드마스터가 두 명이나 있다. 노바첵 영지를 접수 못 한 것은 물론이거니와 마누엘 영지까지 잃게 되었으니 모건 후작에게 자신은 죽은 목숨이었다.

"이런 빌어먹을."

8장
왕실의 방문

젤란드의 수도 카르타고에는 이번에 벌어진 북방의 영지전이 큰 화젯거리였다.

왕도의 사교계에서는 매일 밤마다 노바첵의 소드마스터가 매드 트라이앵글을 어떻게 죽였는지 음유시인들의 노래를 통해 전해 듣고 있었다.

파티장에서 상석에 앉아 와인을 마시던 백금발의 미녀에게 주근깨의 시녀가 쪼르르 달려왔다.

"일리아나 공주님. 정말 멋지지 않아요? 우리 왕국에 그렇게 젊고 강한 기사가 나타나다니 말이에요."

"메리, 너는 시녀 주제에 무슨 기사들을 그리 좋아하니? 저번에는 근위기사인 퍼시발 경이 좋다고 해놓고선."

"음… 그건 그렇지만, 여자 마음은 갈대라고요. 그분을 한 번만 볼 수 있다면 소원이 없겠어요."

"불쌍하구나, 메리. 사람은 겉만으로는 알 수가 없다. 순수의 눈과 뱀의 혀를 가진 사람은 네 생각보다 훨씬 많으니까."

"설마요. 권산 경은 사자처럼 강한 육체와 학자보다 어진 품성을 가진 기사 중에 기사라고 여기 귀족 영애들이 쑥덕거리는 거 다 들었는걸요."

"다 사교계의 뜬소문인 게지."

"그런데 노바첵 가문이 영지전에서 승리해서 마누엘 남작령까지 다스리게 되었다면서요. 그래서 왕실에서도 정식으로 인장을 내리고 마누엘 가문과의 화해를 위한 중재단을 보낼 거라고 하던데. 공주님도 가시는 게 어때요? 저도 꼭 데려가시고요. 네?"

"국왕 폐하가 나를 사랑하시지만 그런 요구를 하고 싶진 않은 걸."

일리아나의 핀잔으로 메리는 시무룩한 표정을 지었다.

그렇게 파티가 끝나고 하루 뒤 무슨 우연의 일치인지 일리아나는 라트로 국왕의 지명을 받아 중재단에 들어가게 되었다. 공주의 시중을 위해 메리가 포함된 것은 물론이다.

"일리아나, 그자를 꼭 회유해서 우리 왕국의 충성스러운 힘이 되게 하거라. 그자가 공작의 작위를 원한다면 줄 수도 있다. 하나 너도 왕실의 재정 상황을 알겠지만, 공작령 규모의 영지를 하사할 수는 없다. 제국에 공물 세폐를 조만간 보내야 하기 때문이지. 그러니 공작령만 아니라면 금전적인 어떠한 요구도 들어주도록 해라."

라트로 국왕은 젤란드의 가장 충성스러운 신하이자 기사인 노엄 공작을 중재단에 포함시켰다. 그는 노바첵 영지에 들러 인장을 하사한 후 노엄 공작령으로 돌아가고, 일리아나 자신은 왕국으로 돌아오는 여정이 될 터였다.

중재단은 50명의 기사와 50명의 종자, 50명의 시종을 갖춘 대규모 행렬로 편성되었고, 거창한 모양새에 일리아나의 안색이 찡그려졌으나 마차 안에 앉은 메리는 그저 신나는지 재잘거리기 여념이 없다.

북쪽으로 떠난 지 며칠 만에 중재단은 노바첵 영지에 도착했다.

도중에 마누엘 영지에 들러 영지의 인수를 회수하고 마누엘 남작 일가에는 수도로 이주하라는 왕명을 전했다.

암살자에게 중상을 입었다는 소문과는 다르게 마누엘 남작은 건강하다 못해 푸짐한 몸으로 나타나 침울하게 물러갔다. 마누엘가의 가신들은 그를 따라갈 자와 남을 자가 알아서 정해질 터였다.

중재단의 역할은 화해 중재였지만, 사실상 패배한 영주를 내쫓고 승자가 원활하게 영지를 인수할 수 있도록 정통성을 부여하는 데 있었다.

"노엄 공작님, 이곳이 노바첵 영지군요. 북방의 척박한 곳이라 들었는데 그런대로 살 만한 마을이네요."

"그렇게 보이는군요, 공주님. 저도 이곳에 처음 와봅니다만, 가호도 많은 편이고 실피르 강이라는 천혜의 방어선이 있으니 차후 젤란드의 영토가 북쪽으로 넓혀질 때 요충지가 될 것 같군요."

중재단의 위풍당당한 위용에 노바첵의 주민들은 나와서 환호하며 구경했다.

일국의 공주와 공작이 일개 남작령에 왔다는 사실만 봐도 수도에서 얼마나 노바첵 가문을 신경 쓰는지 알 만하다는 분위기였다.

영주성에 다다르자 매튜 노바첵과 가문의 모든 가신들이 시립한 채 중재단을 기다리고 있었다.

"젤란드에 무한한 영광을! 먼 길 잘 오셨습니다, 일리아나 공주님."

"영지전의 승리를 축하해요, 노바첵 남작. 새로 부임한 지

오래되지 않았는데 마누엘 영지까지 다스리게 되었군요. 국왕 폐하께서도 이 일에 관심이 크시답니다."

"가문의 영광입니다."

"여기 노엄 공작께서도 오셨으니 인사 나누세요."

매튜는 노엄 공작에게도 극진한 인사를 건넸고, 그는 껄껄 웃으며 물었다.

"영지전에서 제국의 소드마스터 세 명을 벤 그대의 클리엔테스는 어디 있는가?"

"권산 단장은 실피르 강 개척을 위해 북방으로 떠났습니다. 부를까요?"

"흠!"

노엄과 일리아나의 눈이 잠깐 마주쳤다. 사실상 둘이 이 영지에 온 것은 권산을 보기 위함이다. 일리아나는 그에게 왕국의 작위를 내리고 젤란드의 기사로 만들기 위함이며, 노엄은 권산이 도달한 그랜드마스터의 경지에 대해 논하고 싶은 바가 있었고, 그와 인연을 맺어두기 위함이었다. 그런데 이곳에 없다니…….

"그가 언제쯤 돌아오는가?"

"용병단을 이끌고 자발적으로 떠난 길이라 제가 계획을 알지 못합니다. 보급을 충분히 하고 떠났기 때문에 몇 개월이 걸릴지 장담할 수가 없군요."

노엄의 안색이 딱딱하게 굳었다. 왕명만 전달하고 떠나게 생긴 것이니 헛수고를 한 셈이다.

그날 밤 만찬을 한 뒤 일리아나는 마누엘 영지를 노바첵의 속령으로 편입시킨다는 내용의 어지와 인수를 매튜에게 전달했다.

매튜는 동생인 클로라와 가신의 절반을 마누엘 영지로 보내 영지를 다스릴 것이라고 공언했다. 동시에 승리를 자축하는 뜻으로 영지의 이름을 빅토리 영지로 변경했다.

만찬이 끝난 뒤 노엄과 일리아나는 노바첵 가문 사람들을 물리고, 다시 돌아갈지 말지에 대해 논의했다.

"그가 의도적으로 우리를 피하는 것 같다는 느낌이네요. 제 아무리 대단한 실력의 검사라도 이렇게 우리 왕실을 무시하다니 정말 무례하군요."

"본래 높은 경지를 밟은 자들은 오만한 법입니다, 공주님. 기왕 발걸음을 하신 김에 수고롭지만 권산을 직접 찾아가는 게 어떠신지요."

"북방의 미개척지로요?"

노엄은 고개를 끄덕였다.

"그가 떠났다는 길만 잘 찾아가면 이미 몬스터 군락이 정리되었을 테니 위험한 일은 크게 없을 듯합니다. 또 있다 해도 우리 기사단 전력이 막강하니 제가 잘 보호해 드리겠습니다."

"하는 수 없군요. 국왕 폐하를 실망시켜 드릴 수 없으니까요."

다음 날 중재단은 영주성을 나와 실피르 강을 타고 북방으로 떠났다. 매튜는 경비대원 몇을 뽑아 길잡이로 붙여주었다. 매튜는 떠나가는 행렬의 뒤를 바라보며 혼잣말로 중얼거렸다.

"왕실의 구애가 아주 적극적이군요, 권산 님. 기껏 피하셨지만 아무래도 직접 만나셔야 될 것 같습니다."

그러자 매튜가 귀에 꽂은 이어폰에서 누군가의 음성이 들려왔다. 매튜는 권산이 준 통신 단말기를 가지고 있었던 것이다.

—공주와 공작이 올 줄은 몰랐군. 하는 수 없지. 수고해 줬소, 매튜. 이제 내가 상대하겠소.

3일 뒤.

중재단은 이미 몬스터가 청소된 강변로를 따라 북상했고, 강에서는 조금 거리가 있는 고지대의 야영지를 발견했다. 권산의 아르고 용병단과 브레이브 용병단, 또 최근에 합류한 디펜더스 용병단이 그곳에 막사를 치고 숙영하고 있었다.

권산은 중재단이 도착하기 전에 미리 나와서 일리아나와 노엄을 영접했다.

"검술 대회 이후 다시 보는군, 권산 경."

"경이라니요. 일개 클리엔테스이자 용병인 제게 기사의 호칭을 붙이시다니 과분합니다."

노엄은 허허롭게 웃으며 권산의 어깨를 두드렸다.

"수도에선 이미 자네가 기사 중의 기사라고 소문이 자자하네. 우리 젤란드가 어찌 자네같이 출중한 검사에게 작위를 내리지 않을 수 있겠는가. 그래서 여기 공주님까지 직접 오셨지."

권산은 일리아나 공주를 바라보았다. 반짝이는 눈빛과 순백의 피부는 왜 그녀가 '젤란드의 크리스탈' 이라 불리는지 여지없이 드러내고 있었다.

"정말 어려운 걸음 하셨습니다, 공주님. 몬스터 토벌을 하는 야전 막사까지 오시다니요."

"길이 엉망이라 마차를 못 타고 승마로 온 것만 빼면 괜찮은 여정이었어요. 허식을 싫어하는 성격 같으니 거두절미하고, 왕실의 새로운 제안을 드리고 싶군요."

"음… 국왕 폐하께서 사람을 보내 새로운 제안을 하신다고 한 기억이 나는군요. 공주님이 오실 줄은 몰랐지만… 일단 이쪽으로 오시지요."

권산은 둘을 중앙의 가장 큰 막사로 안내했고, 중재단에 속한 기사단과 종자들은 각자 여장을 풀고 주변을 경계했다.

막사의 중심 테이블에는 이미 미나와 강철중, 진광, 그리고 제인 블레어가 앉아 있다가 잠시 시립하여 예우를 갖췄다.

"제 일행이니 개의치 않으셔도 됩니다."

노엄은 제인 블레어가 왜 이곳에 있나 갸우뚱 하며 아는 체를 했다.

"제인, 네가 블레어의 기사단을 이끌고 영지전에 참전했다는 건 들었다만, 이미 돌아간 줄 알았는데".

"여기 권산 경에게 검술을 좀 배우고 있습니다."

"오호! 그래?"

노엄은 젤란드 기사 아카데미의 전대 학장 출신이고, 제인은 노엄이 학장을 맡고 있던 중에 그 아카데미를 수석 졸업한 이력이 있기 때문에 둘의 인연은 오래 전부터 이어져 있었다.

모두가 원형 테이블에 둘러앉자 먼저 일리아나가 입을 열었다.

"원하는 작위가 내려진다면 젤란드 왕실에 충성할 수 있나요? 우린 권산 경에게 기사 서임과 함께 공작의 작위를 내릴 의향이 있어요."

노엄과 제인은 크게 놀라 눈을 홉떴다. 젤란드에 선대로부터 세운 공이 있는 것도 아니고 소드마스터라는 이유만으로 공작의 작위를 받은 전례는 없다.

권산도 예상치 못한 큰 제안에 잠시 놀랐는지 동공이 흔들렸지만 이내 정신을 수습했다. 이미 검술 대회 때 공작의 작위를 요구한 바가 있었지만 왕실의 초빙을 거절할 명분으로 둘러대었을 뿐이다.

"젤란드의 유일한 공작은 여기 계산 노엄 공작님으로 알고 있는데 과연 내게 노엄 공작령에 필적하는 대영지를 하사한다는 말입니까?"

일리아나는 이를 악물었다.

"그건 힘들어요. 왕실 직할령을 제외하고 젤란드에 그만한 영지는 더 이상 없죠. 영지를 하사하지는 못하지만 공작의 재력을 갖출 수 있을 만큼의 플로린을 하사할 수는 있어요."

영지를 하사한다는 것은 그 영지에 거주하는 영지민과 병사, 농업, 상업, 공업 기반을 통째로 주겠다는 뜻이었다.

그래야만 시간이 지나더라도 재화가 끊임없이 재생산되는 법이다.

단발성인 재화 획득은 언제고 소진되게 마련이니 사실 허울뿐인 공작의 작위로 권산을 묶어두고 싶은 것이 젤란드 왕실의 속내인 것이다.

'꼼수를 쓰는군. 하지만 작위 자체는 매력적이야. 이 세계에서 활동하자면 평민은 여러 제약이 있지.'

권산은 일리아나와 노엄에게 양해를 구하고 자신의 일행을 막사 밖으로 불러냈다.

긴급한 사항이기 때문에 양자연구소에 있는 김요한과 민지혜까지 통신으로 불러냈다.

"…이렇게 일이 되어가고 있다. 각자의 의견을 듣고 결정하겠어."

미나가 먼저 입을 열었다.

"저는 찬성이에요. 일단 공작의 작위를 받은 뒤에 시기를 따져 젤란드 왕실의 지원을 끌어내면 화성 정착 프로젝트를 수월하게 진행할 수 있을 것 같아요."

강철중과 진광도 화답했다.

"아르고 용병단의 규모를 불리기에는 그 편이 훨씬 유리합니다. 일전에 수도에서 신분 증명에 애를 먹은 것만 봐도 이 세계는 인적 교류에 꽤나 폐쇄적인 면이 있어요. 하지만 젤란드의 공작이 되신다면 그럴 일은 없겠죠."

다음은 민지혜였다.

—갑작스럽긴 하지만 공주가 제시한 조건만으로는 승낙해선 안 돼요. 칼자루는 우리 쪽에서 쥐고 있으니 당장은 영지를 못 받더라도 추후 젤란드의 영토 확장 중에 얻어지는 영지는 공작령으로 받을 수 있게끔 협상하셔야 돼요. 당장 화성 숙영지부터 노바첵 영지까지의 불모지만 해도 직선거리가 100㎞에 달하니 이 구간만 개척해도 우리의 화성 정착 프로젝트는 반은 성공이라고 할 수 있을 거예요.

김요한도 생각을 정리하고는 입을 열었다.

—나도 기회가 왔다고 보네. 다만 화성 정착 프로젝트건 암천마제 추적 건이건 자네가 빠지면 도무지 일이 안 될 게 뻔하니 어떻게든 젤란드 왕가에 신변이 종속되는 것만큼은 피하게.

권산의 뇌리에는 많은 상념들이 빠르게 섞여들었다. 어떤 대답을 할지, 어떤 조건을 달지 결정한 것이다.

"결정했습니다. 공주에게 대답하는 동안 통신은 켜두십시오."

권산은 다 같이 막사에 들어갔다. 일리아나와 노엄, 제인의 눈이 그를 주시했다.

"왕가의 조건을 수락하겠습니다. 하지만 3가지 조건이 있습니다."

일리아나는 차분한 어조로 권산을 응시했다.

"말해보세요."

"첫째, 젤란드 북방에는 아직 미개척된 땅이 많습니다. 몬스터 밀집 지역이거나 국경으로 삼기에는 산이나 강 같은 적당한 방어선이 없어서 방치한 땅, 엘프들의 구역과 가까워서 포기한 땅, 이 땅을 제게 하사해 주십시오. 아직은 젤란드의 영토가 아니지만 제 스스로 개척해서 공작령으로 삼겠습니다. 또 그 땅 속에는 많은 개척촌이 있는데 이곳의 사람들을 흡수해 영지민으로 삼겠습니다. 승낙하십니까?"

일리아나의 안색이 무겁게 가라앉았다.

'이자가 무슨 의도지? 젤란드의 국경 밖 땅을 달라고 하다니. 지금 젤란드의 국력으로는 더 이상의 영토 확장은 어려워. 이자가 스스로 나서서 영토 확장을 해준다면 오히려 유리한 건 우리야.'

일리아나가 시원스레 대답했다. 국왕에게 전권을 받아 이 자리에 왔으니 이 정도는 자신이 판단해도 되었다.

"좋아요. 북방의 미개척지를 권산 경이 스스로 개척한다면 공작령으로 인정해 주겠어요. 왕도에 돌아가는 대로 칙서를 통해 작위와 성을 내리죠. 두 번째 조건은 뭔가요?"

"두 번째는 새 공작령에는 완벽한 자치권을 보장하시고, 세금을 면해주십시오. 제 일생 동안 북방 개척을 해도 얼마나 땅을 넓힐 수 있을지 장담할 수 없으니 제가 살아 있는 1대에 한해 완벽한 자치권과 세금 징수를 면하게 해주십시오."

쉽게 공감할 수 있는 요청이었다.

북방의 땅을 개척한다 해도 얼마나 많은 이들이 그곳으로 이주해서 소출을 낼지 장담할 수 없으니 분명 수십 년 내로는 괄목할 만한 소득이 없을 것이다.

그런 형편에 세금을 걷지 못할 것은 당연한 일이었다. 또한 봉건제 체계에서, 특히나 공작령은 가장 자치권이 강한 영지

이니 조금 더 강한 절대 자치권을 보장한다고 해도 문제될 만한 소지는 없었다.

"승낙하겠어요. 권산 경이 살아 있는 1대에 한해 절대 자치권을 부여하고 세금을 면하겠어요."

"세 번째는 비록 공작의 작위를 받는다고 해도 젤란드의 국정에는 관여하고 싶은 바가 없으니 이종족이나 외국과의 전쟁이 벌어지지 않는 한 저를 호출하지 말아주십시오."

'음…….'

일리아나는 노엄의 안색을 살짝 살폈다. 예상대로 노엄 공작은 안도하고 있었다.

그가 권력욕이 많은 이는 아니었으나 왕국의 유일한 공작으로 지낸 세월이 있는데 신임 공작이, 그것도 그랜드마스터가 국정에 관여하기 시작하면 자신의 파벌과 주도권 싸움이 벌어질 것은 불을 보듯 뻔한 이치이기 때문이리라.

'오히려 다행이라고 해야 할까.'

"이종족이나 외국과의 전쟁만 참전하겠다는 부분에 제 쪽에서 한 가지 조건을 붙이고 싶군요. 바로 왕가의 안위에 문제가 생겼을 시 즉각 권산 경의 무력을 왕실을 위해 사용해 달라는 거예요."

일리아나의 요구는 어찌 보면 당연했다.

그랜드마스터는 사실 선제공격의 전력이라기보다는 타국이

그랜드마스터를 선봉으로 침공했을 시 그를 막아낼 전력으로 필요한 목적이 컸다.

선전포고가 있는 정식 전쟁도 전쟁이지만 작정하고 수도를 기습하는 게릴라 전술에 대한 대응책도 생각해야 했다.

"그 조건을 들어드리자면 제가 항상 왕도에 상주해야 한다는 결론입니다. 북방 개척과는 양립할 수 없는 조건이군요."

일리아나는 고개를 저으며 손을 들어 손가락에 낀 두 개의 반지 중 하나를 빼내었다.

신기하게도 청동색의 평범한 반지는 손가락에서 빠져나가자 크게 확장되었다.

"이건 아주 귀한 아티팩트예요. 텔레포트 링이라고 하죠. 드워프족이 이 세계에 가져온 마법 도구 중 극히 희소한 물건이죠. 이 반지를 드릴게요."

권산은 반지를 건네받아 이리저리 살폈다.

'수정도 없는 그저 평범한 외관이지만, 엘릭서 특유의 마력 향기가 나는군.'

일리아나는 권산이 가져간 반지와 자신이 끼고 있는 반지를 하나씩 가리키며 설명했다.

"텔레포트 링은 본래 두 개의 반지로 이루어져 있어요. 사용 방법도 두 단계죠. 소유자 두 사람이 양쪽에서 차례로 호출 시동어를 외친 뒤, 반지의 빛으로 마나의 힘이 연결된 것이 확인되고 나면 이동하고 싶은 자가 텔레포트 시동어를 외치면 돼요. 사용할 때마다 엘릭서를 충전해야 하긴 하지만 이것만 있으면 권산 경이 어디에 있든 왕궁에 바로 복귀하실 수 있어요."

'하! 이거 완전 족쇄인데…….'

권산은 일리아나가 자신이 어떻게 반응할지 여러 수를 내다보고 아티팩트를 준비했다는 사실을 깨달았다.

'영리한 공주로군.'

"동료들과 전투를 하는 긴박한 순간이라면 갑자기 호출에 응할 수 없습니다."

"그건 존중해 드릴게요. 호출은 30분 정도 작동하는데 그 안에 상황을 마무리하고 텔레포트를 쓰시면 돼요."

권산은 마뜩잖은 표정으로 고개를 끄덕였다. 원했던 모든 조건을 관철시켰지만 뭔가 한 수를 내어준 것 같아 기분이 영 좋지 못했다.

'뭐 반지야 언제든 뺄 수 있으니까.'

권산은 반지를 손가락에 끼웠다.

반지는 살아 있는 생물처럼 손가락에 꼭 맞게 오므려졌다. 다시 힘을 주어 빼자 링이 확장되며 벌어졌다.

탈착에 제약이 없는 것을 확인한 권산은 다시 손가락에 텔레포트 링을 끼웠다.

"그럼 제가 세 가지 조건을 모두 승낙했으니 이제 우리 젤란드의 기사 서임을 받으시겠습니까?"

"그렇게 하겠소."

일리아나가 노엄을 바라보자 노엄은 그녀에게 자신의 롱소드를 건네었다.

권산은 예식에 맞게 무릎을 끓었고, 그녀는 검 등으로 권산의 어깨를 세 번 두드리며 외쳤다.

"젤란드 국왕의 대리인 일리아나가 권산에게 서임을 내리노라. 그대는 이제부터 젤란드 왕가의 기사로다."

예식이 끝나자 권산은 직접 일리아나가 거할 만한 막사를 안내해 주었다.

본래 미나가 쓰던 막사였으나 일리아나에게 내주고 미나에게는 양해를 구할 참이었다.

절도 있는 걸음걸이로 막사를 향해 걷는 그녀 옆에 어디선가 시녀가 한 명 나타나 붙었다.

일리아나의 시녀인 메리였다. 메리는 일리아나의 옆에서 권산을 나른한 시선으로 바라보았다.

권산은 생면부지의 시녀가 자신을 이상한 시선으로 응시하자 헛기침을 하며 시선을 돌렸다.

"메리, 그만 봐라."

"호호. 제가 언제 봤다고요."

권산은 슬쩍 서쪽 하늘을 바라보았다. 일몰이 한 시간도 남지 않는 듯 해가 낮게 깔리고 있었다.

"용병의 거친 음식뿐이지만 30분 뒤 저녁 식사를 가져다 드리겠습니다."

"아, 됐어요. 메리가 미리 챙겨온 것으로 요기해도 충분해요. 왕실의 제안을 수락해 줘서 고맙고, 많은 충성심을 보여주길 기대하겠어요."

권산이 중앙 막사에 돌아오자 이번에는 노엄이 그를 잡았다.

"자네 나 좀 보세."

노엄의 옆에는 제인이 서 있었다. 눈치를 보아하니 주변을 물리고 긴밀한 이야기를 하고 싶은 모양이었다.

'노엄 공작에게는 끈을 대는 게 좋겠지. 모건 후작의 야욕을 막자면 말이야.'

권산은 미나와 강철중, 진광에게 잠깐 자리를 피해달라고 요청했다.

"권산 자네가 제인을 소드마스터로 만들어준다 장담했다고 들었네. 포스 노드라는 신개념을 가지고 말이야. 혹시 자네가 그랜드마스터가 된 것도 신개념을 배웠기 때문인가?"

권산은 고개를 끄덕였다.

"소드마스터가 된 것도, 그랜드마스터가 된 것도 모두 포스 노드라는 이론에 기반한 포스연공술을 배웠기 때문이죠."

"몹시 궁금하군그래. 당연히 비전이겠지?"

"기본 단계까지는 딱히 비전이랄 것은 없지만, 아무에게나 전수하지는 않습니다. 여기 제인 블레어 경에게도 기본 단계까지만 전수할 생각이고요. 그 정도만 되도 포스를 각성해 소드마스터가 되기에는 부족함이 없을 겁니다."

노엄의 표정의 묘하게 변했다.

'정말 탐이 나는군. 우리 노엄 공작가가 계속 젤란드 최고의 가문이 되려면 이자를 끌어들여 포스연공술을 받아들여야 한다.'

역사적으로나 현실적으로 그를 노엄 공작가의 일원으로 만드는 가장 쉬운 방법이 있다. 그에게는 늦둥이 막내딸이 하나 있지 않던가.

"자네 혹시 결혼은 했는가? 내게 소피아라는 막내딸이 있네만… 미모도 아주 빼어나 영지에서는 유명하다네."

권산은 피식 웃으며 고개를 저었다.

"결혼은 안 했지만, 약혼녀는 있습니다. 조금 전 막사에서 보신 우리 용병단의 여법사죠."

노엄은 아쉽다는 듯 혀를 찼고, 제인은 권산이 미나와 가까운 사이라는 걸 전혀 몰랐기 때문에 의외라는 눈빛으로 그를 바라보았다.

권산은 계속 말을 이었다.

"혼담을 넣으실 거라면 매튜 노바첵 남작은 어떻습니까? 저와는 친밀한 사이고, 인성이 아주 괜찮습니다."

"흐음……."

노엄은 심기가 상했다. 제국의 백작가도 아니고, 같은 왕국의 남작가에게 막내딸을 시집보낸다면 영 격에 맞지 않는 일이었다.

권산은 그런 분위기를 눈치챘음에도 모른 척 말을 이었다.

"매튜에게도 앞으로 포스연공술을 전수할까 생각 중입니다. 어차피 북방 개척의 전초기지로 노바첵 영지에 있을 생각이니 시간은 많거든요. 그럼 매튜 역시 언젠가는 소드마스터가 되고 또 언젠가는 그랜드마스터도 되지 않겠습니까?"

노엄은 권산의 메시지를 알아차렸다.

자신은 혼인을 통해 노엄 공작가와 엮일 생각이 없지만, 측근인 매튜를 통해 인연을 맺어둔다면 노엄 공작가의 편이 되겠다는 뜻이었다.

'포스연공술이 그만한 가치가 있는지 내 눈으로 확인해야겠군.'

노엄은 생각을 정리하고 입을 열었다.

"실례가 안 된다면 제인이 수련하는 것을 지켜볼 수 있겠나? 매일 밤 식전에 수련을 돕는다고 하던데."

"그러시죠."

권산은 막사 바깥으로 나가 평평한 초지에서 제인과 마주 보았다.

나이가 같아서 본래부터 격식 없이 말을 했지만, 권산이 귀족의 신분까지 되었으니 더욱 편하게 대화를 할 수 있었다.

"제인, 포스의 유동은 어때?"

"뭔가 느껴지는 듯해. 하지만 그러다가 호흡이 조금이라도 흐트러지면 눈 녹듯 사라지고 말아."

"조급하게 생각할 것 없어. 네 포스연공술은 이미 1성에 접어들었어. 이 정도면 지금 당장 포스를 각성한다 해도 이상하지 않아. 오늘은 보법이라는 걸 전수하지."

제인이 고개를 가웃거렸다.

"스텝이라면 나이트검술을 배울 때도 질리도록 수련했어."

"그것과는 조금 괴리감이 있을 거야. 조금 자세히 이야기하자면 '특수 보행 기술' 정도 되겠지. 호흡과 자세, 포스의 삼박자가 맞을 경우에 아주 특별한 모용이 생겨. 새처럼 높게 날 수도 있고, 하늘에 뛰어올랐을 때 발판도 없이 방향을 바꿀 수도, 수면을 박차고 달릴 수도 있어. 먼저 한 가지 보법을 전수할 테니 호흡과 자세를 익혀. 그러면 몸이 스스로 포스의 유동을 찾게 될 거야. 그 힘으로 포스를 각성하는 거지."

"믿기 힘든 기술이로군."

권산은 땅바닥에 발자국을 찍으며 108보로 되어 있는 한 가지 보법을 전수했다.

건곤구궁보라는 보법이었는데 한 사람이 다수에 포위되었을 시 조여드는 상대의 힘을 흐트러뜨리며 약한 지점을 깨부수는 모용이 숨겨진 보법이었다.

권산이 이 보법을 전수하는 이유는 무엇보다 효용에 비해 쉽기 때문이었다.

"발은 이렇게 디디면서 몸은 이렇게, 팔을 이런 방향으로 움직여."

20분 정도 반복해서 두 번을 시연하자 제인이 얼추 따라하게 되었다.

노엄은 한쪽으로 물러난 권산에게 걸어가 물었다.

"저런 스텝을 배워서 포스를 각성한다는 게 쉽게 믿기지 않는군."

"제인은 이미 2개월 정도 제 수련을 받아왔습니다. 포스연공술은 이미 전수가 끝났죠. 저 스텝은 포스 각성을 위한 마지막 단계입니다. 제 예상대로라면 노엄 공작님이 떠나시기 전에 제인의 오러 블레이드를 보실지도 모르겠습니다."

"헛! 겨우 2개월 만에 포스를 각성시킨단 말인가?"

제인은 땀을 비오듯 흘리며 보법을 반복했다. 머리로는 포스를 연상하며 행로에 맞게 몸을 움직이고 동시에 포스연공술 특유의 호흡을 반복한다. 오랜 세월 검술로 단련된 그녀라도 쉽지 않은 일이었다.

'점차 안정되고 있어. 몸의 움직임과 호흡이 합일되어 간다.'

제인은 의식하지 못했지만 권산과 노엄은 해가 지는 동안 꼬박 1시간 동안 그 자리에 서서 제인을 지켜보았다.

중간에 미나가 식사를 들고 와서 둘에게 건네줬을 정도였다.

마침내 석양의 짙은 빛이 사라지고 하늘에 별 무리가 올라왔을 때 제인의 보법은 끝을 맺었다.

몸과 옷 틈새에서 수증기가 피어오르며 눈빛에는 정광이 흘렀다.

제인은 허리에서 레이피어를 뽑았다. 부친이 이런 날을 고대하고 손수 마련해 준 오리하르콘제 레이피어였다.

손잡이에 손을 대자 검신에서 손잡이까지 이어진 오리하르콘 강심이 웅웅거리며 떨렸다.

몸속에서 나타난 뜨거운 뭔가가 복부로 모여든 뒤 흉부, 팔과 손을 거쳐 검으로 밀려들어 갔다.

'이것이 포스 흡수.'

제인의 활성화된 포스는 오리하르콘의 포스 흡수를 받아 검신으로 내달렸고, 검신에 푸른 포스가 충만하게 차오르자 이내 오버플로우된 기운이 칼날 방향으로 날카롭게 흘러나왔다.

빛나는 오러 블레이드는 명백한 소드마스터의 징표였다.

'드디어 오러 블레이드를 완성했다…….'

격앙된 제인은 가까운 바위로 달려가 검을 휘둘렀다.

좌악! 쾅!

바위에는 깊은 검흔이 아로새겨졌다. 제인은 호흡을 조절해 오리하르콘으로 흘러들어 가는 포스를 점차 줄여갔다. 그리고 마침내 완벽하게 차단하자 오러 블레이드 역시 사라지며 레이피어는 평범한 모습으로 돌아갔다.

노엄은 너무 놀라 입을 벌리고 그녀를 바라보았다. 진즉에 그녀의 재능을 알아본 바 있지만 이렇게 빨리 포스를 각성할 줄은 꿈에도 몰랐다.

짝짝짝!

권산은 박수를 치며 제인의 성취를 축하해 주었다.

바위가 터지는 소음에 놀라서 달려온 용병들 역시 제인이 소드마스터가 되었다는 사실을 알고 크게 축하했다.

"난 언제고 제인 블레어 경이 사고 칠 줄 알았다니까."

"젤란드 최초의 여성 소드마스터 탄생인가?"

"안 그래도 검이 매서운데 더 무서워 지겠는걸."

겨우 정신을 차린 노엄은 제인에게 다가가 축하의 말을 건네고 공주의 막사로 걸어갔다.

젤란드에 탄생한 새로운 소드마스터 소식은 대단한 경사이자 왕실에 즉시 알려야 하는 일급 정보이기도 했다.

일리아나가 왕실과 통하는 통신 아티팩트가 있으니 그녀에게 전하는 게 우선이다.

'포스 연공술은 진짜다. 무조건 권산을 잡아야 해.'

9장
히드라 사냥

아침부터 막사는 분주했다.

권산은 예정대로 금일 히드라 사냥을 하겠다고 선언했고, 용병들은 원거리 무기와 며칠간 모아온 잿가루 포대를 하나씩 챙겼다. 권산은 아침을 먹으며 노엄과 히드라 사냥에 대해 대화를 나눴다.

"히드라는 몹시 위험한 몬스터일세. 십년 전 쯤에 우리 젤란드가 무척 열심히 영토 확장을 하던 시기에 저 몬스터를 만나 많은 기사들이 죽어나간 적이 있지."

"결국은 죽이셨군요."

"맞아. 수십의 기사와 수백의 병사를 잃고 결국 잡기는 잡았어. 히드라의 무서운 점은 무지막지한 재생력과 독 숨결이야. 머리 하나를 베면 두 개가 생겨나는 괴상한 재생력이 있어. 재생력을 멈추기 위해 빙계 마법을 쏟아부었고, 지구전을 펼쳐서 놈이 완전히 독 숨결을 소진하게 만들었지. 나도 그때 막 소드마스터가 되어 숨을 오래 참을 수 있었기에 망정이지 하마터면 죽을 뻔했었네. 접근전을 해서 검을 꽂을라치면 피부 점액에서 독액이 흘러나오기 때문에 무수한 투창으로만 놈을 공격할 수 있었네."

권산은 천천히 고개를 끄덕였다. 경험자의 조언을 듣자니 새삼 히드라가 얼마나 골치 아픈 몬스터인지 느낌이 왔다.

"제가 살던 곳에서는 '적을 알고 나를 알면 백전백승이다'라는 말이 있습니다. 히드라를 이렇게 잘 아는 이상 정공법으로 부딪칠 필요는 없습니다."

"좋은 수가 있는가?"

"물론입니다. 준비가 다 되었으니 조금 있다가 구경이나 하시죠."

권산은 중앙 막사에 지휘관들을 불러내 다시 한번 작전을 상기시켰다. 이제 정식으로 귀족이 된 권산이었기 때문에 브레이브 용병단장인 칼라일과 디펜더스 용병단장인 토니에게는 자연스레 하대를 했다.

"이번 사냥의 성패는 히드라를 붉은 바위 협곡까지 끌어들일 수 있느냐에 달려 있다. 협곡에서 강변까지는 200m 거리야. 오전 9시부터 1시간 동안 협곡의 좁은 틈에서 강변으로 강풍이 불지. 그 1시간 동안 사냥을 끝내야 돼. 디펜더스 용병단은 1진, 브레이브는 2진 위치에 대기해 줘. 미끼는 내가 맡지. 각자 히드라가 접근했을 때 어떻게 대응할지는 숙지했겠지?"

"완벽하게 해내겠습니다."

"디펜더스의 마력 석궁의 위력을 보여 드리죠."

개척대는 전원이 함께 막사를 나서서 각자의 포지션으로 흩어졌다. 중재단은 본래 날이 밝는 대로 노바첵 영지로 돌아갈 계획이었지만 일리아나가 히드라 사냥까지는 보고 돌아가는 것으로 결정해서 전망이 좋은 고지대에 자리를 잡았다.

권산은 홀로 강변으로 걸어갔다. 토사가 밀려들어 간 탁한 강물 속에는 어떤 몬스터의 모습도 보이지 않았으나 이곳은 분명 히드라의 서식지였다. 머리가 아홉 개 달린 용과 같은 몬스터, 이런 생물이 지구에 있었다면 구두룡(九頭龍) 정도의 괴수명이 붙었을 것이다.

"이데아, 렌즈 화면에 아군의 포진과 지형도를 겹쳐서 평면도로 띄워줄래?"

—뽀로롱. 이데아 왔어요. 그 정도는 어렵지 않아요. 우측

상단에 띄울게요.

권산의 시야에 민지혜의 소녀 적 모습을 한 작은 요정이 사각의 투명한 화면을 하나 만들어 우측 화면으로 밀었다.

100미터 후방에 1진인 디펜더스 용병단이 있고, 100미터 더 뒤에 붉은 바위 협곡과 함께 2진인 디펜더스와 아르고 용병단이 있다.

"이데아, 현재 시각은?"

—8시 58분이에요.

권산은 강변의 돌을 몇 개 집었다. 내기를 주입해 냅다 물에 던지니 '쾅!' 하는 폭음과 함께 물기둥이 솟구쳐 올랐다. 그렇게 연거푸 다섯 번을 던지자 수면 속에서 거대한 뭔가가 꾸물꾸물 올라왔다.

검정색 비늘이 끝도 없이 수면에 어른거렸다. 몸통 길이 10미터, 머리 길이 6미터로 전장 16미터짜리 거대 괴물 뱀이 마침내 모습을 드러냈다.

"캬캬캬!"

"쉬쉬싯!"

아홉 개의 머리가 뿜어대는 위협적인 음향은 어지간한 생물의 오금을 저리게 하는 위력이 있었으나 권산에게는 전혀 통하지 않았다.

"오냐. 네가 히드라로구나. 정말 어지간히도 무섭게 생겼군."

권산은 거푸 내력이 담긴 돌멩이를 히드라에게 날렸고, 화가 잔뜩 오른 히드라가 뭍으로 올라와 권산에게 돌진했다.

권산은 기공을 끌어 올려 히드라가 완전히 접근하기 전 용살검법 후반 3초식 중 일초를 전개했다.

'초살참.'

중검에서 초승달 검기가 솟구치며 10미터를 날아 히드라의 몸통에 직격했다. 단숨에 네 개의 머리와 몸통의 일부도 잘려 나갔다. 히드라가 대지가 떠나갈 듯 비명을 질렀으나 곧바로 잘린 단면에서 부글부글 거품이 올라왔다.

'재생이군.'

머리 중에 하나가 권산을 바라보며 목으로 뭔가 내뿜으려 하자 권산은 곧바로 이형보를 전개해 자리를 떴다. 그가 사라진 곳으로 녹색의 가스가 분사되며 땅에서 자라던 초목을 완전히 녹여 버렸다.

하나의 머리에서 뿜어진 독 숨결이지만 반경 3미터를 죽음의 땅으로 만들 정도의 위력이었다. 설사 직격 반경을 벗어났다고 해도 호흡을 통해 독 숨결이 들어오면 필시 즉사를 면치 못하리라.

"좋아. 예상대로다. 독 안개는 역풍에 쓸려간다."

독 숨결이 직격한 위치에서 피어오른 녹색 안개는 붉은 바위 협곡에서 불어오는 삭풍에 밀려 히드라에게 밀려 나갔다.

권산이 바람을 등지고 싸우는 이유였다.

히드라의 머리는 그 와중에도 부글거리며 재생되어 올라왔다. 머리의 크기는 작아졌지만 한 개의 목에서 두 개의 머리가 올라와 보기에도 끔찍한 형상이 되었다.

권산은 이형보를 발휘해 접근한 뒤 가까운 히드라의 목을 베고 퇴각하는 전술을 반복했다. 욕심을 내서 깊이 파고들다가 휘감기기라도 하면 압력은 버텨낸다 해도 순식간에 중독될 터였다.

히드라의 머리는 이제 셀 수 없이 많았다. 권산의 참격에 모든 머리가 당했고, 재생하길 수차례 반복한 결과였다. 히드라는 재생된 머리는 조금 옅은 검은색을 띄어 확연히 구분이 되었다.

권산은 렌즈 화면에 띄워진 조감도를 보며 아군과 자신의 위치를 계속 가늠했다.

권산이 후퇴하여 막 1진을 지나치자 바위 위에 엄폐한 디펜더스 용병단원들이 각자 쿼렐을 장전한 석궁을 들고 나타났다. 동시에 준비한 잿가루 주머니를 허공에 던지자 검은 잿가루가 바람에 날리며 히드라에게 밀려들어 갔다.

캬아아!

잿가루는 눈에 파고들어 시각을 뺏고, 코와 입으로 밀려들어 후각을 마비시켰다.

히드라는 본능적으로 머리를 흔들며 권산의 방향으로 매섭게 달려들었고, 권산은 2진의 위치까지 빠르게 퇴각했다. 히드라가 방향 감각을 잃고 권산을 해치우기 위해 계속 전진을 하자 붉은 바위 협곡의 가장 깊숙한 지점까지 들어섰다.

권산이 운룡신법에 벽호공을 발휘해 30미터에 달하는 협곡면을 타고 올라가자, 강철중과 진광의 우렁찬 외침과 함께 성인 몸통만 한 바위더미가 무너져서 협곡 비탈을 마구 굴러가 히드라를 사방에서 짓이겼다.

키에엑!

바위 공격은 한 번에 끝나지 않았다. 브레이브 용병단 역시 준비한 바위 더미를 무너뜨려 계속해서 히드라를 향해 쏟아부었고, 바위가 떨어지자 잿가루 주머니를 던져 히드라가 협곡 위를 보지 못하도록 연막을 쳤다.

"총공격이다. 전원 공격하라."

권산이 우렁차게 외치자 브레이브 용병단은 투창 공격을, 디펜더스 용병단은 마력 석궁으로 히드라의 몸통과 후미를 노렸다. 마력 석궁은 마법룬이 새겨진 석궁에 엘릭서를 충전해 쿼렐의 파워를 5배나 증가시키는 모용이 있었는데 과연 쿼렐의 관통력이 예사롭지 않았다. 그 질긴 히드라의 비늘을 뚫고도 화살의 깃이 끝까지 박혔다.

'저 석궁은 꽤 쓸 만하군.'

더불어 강철중과 진광의 드워프제 마법무기도 상당한 위력을 발휘했다. 강철중은 장창을, 진광은 워해머를 들고 있었는데 둘 다 무기를 던져 히드라를 격중시키고는 뭔가 시동어를 외쳤다.

"리와인드(Rewind)."

그러자 히드라의 몸에 꽂혀 있던 무기가 검은색 안개로 흩어지며 다시 손에 잡혔다. 자세히 보니 팔목에 찬 좌표 고정용 팔찌와 하나의 세트로 되어 있는 최상급 마법 무구였다.

근접과 원거리 모두를 소화할 수 있는 전천후 장비로 연속 10회 제약이 있긴 했으나 효용이 좋아서 둘의 애병이 되어 있었다.

쿠카카카!

히드라는 계속 뿌려지는 잿가루와 무차별적인 원거리 공격에 외피가 찢어지고, 피가 흘러 차츰 기운이 빠졌다. 이대로라면 일방적으로 죽을 뿐 방법이 없었다.

히드라는 머리를 거칠게 흔들었다. 그러자 수십 개의 머리는 나무에 달린 열매가 떨어지듯 우수수 떨어지고 중간에서 부글부글 끓으며 세포가 불어나 거대한 하나의 머리가 되었다.

크기는 비교할 바가 아니지만 무찰린다의 외양과도 흡사한 모습이었다.

'놈이 뭔가 준비한다.'

권산은 피부로 전해오는 강한 살기를 느끼며 미나에게 소리쳤다.

"미나, 허공에 실드 발판을 띄워줘."

미나는 권산이 무슨 일을 벌일지는 알 수 없었지만, 일단 고개를 끄덕였다.

"알았어요, 오빠."

권산은 브레이브 용병단에게 철창을 한 개 받아 이형보의 신법으로 하늘 높이 솟구쳤다. 15미터 지점에 이르러 정점에 다다르자 미나가 실드를 만들었고, 권산은 수평으로 펼쳐진 육각 실드를 밟고 30미터 허공까지 솟구쳤다.

"천운뇌격창(天雲雷擊槍)!"

권산의 전신에서 뇌전과 같이 맹렬한 스파크가 일더니 철창에 모여들었다.

철창은 이내 강기와 뇌전에 둘러싸여 환하게 빛을 내었는데 그 광경이 몹시도 화려하고 장엄했다.

멀리서 관전하던 일라이나가 넋을 잃고 그 모습을 보며 자신도 모르게 중얼거렸다.

"뇌신 타라니스(Taranis)의 현신인가?"

권산은 천근추의 수법으로 중력에 내공을 더해 빠르게 떨어졌다.

히드라의 몸통을 향해 50미터를 수직 낙하 하며 그 운동에너지에 천운뇌격창의 오의를 실어 뇌창을 던졌다.

'끝이다!'

번쩍!

몸통 한 가운데에 뇌창이 직격한 히드라는 목에 끌어모으던 독 숨결을 채 뿜지 못하고 산산조각으로 터져 나갔다. 뇌창은 히드라의 몸을 관통해 땅에 꽂힌 채 여전히 아크를 피워내며 히드라의 피와 독을 증발시켰다.

"잡았다!!"

"우리가 히드라를 잡았다."

용병단은 환호했고, 절대적인 무위를 보여준 권산의 주위로 모여들었다. 일리아나와 노엄 역시 중재단의 기사들을 이끌고 나타났다.

그 누구도 권산이 보인 무위에 경악하지 않을 수 없었다. 그 위력만으로는 7써클 공격 마법에 못지않았기 때문이다.

노엄이 떨리는 목소리로 물었다.

"권산 자네, 정말 인간이 맞는가? 혹시 신이 현신했다든가……."

"100% 사람이니 그런 말씀 마십시오."

권산을 바라보는 일리아나의 눈이 묘하게 반짝거렸다. 그녀는 뭔가 마음을 굳힌 듯했다. 그건 미나와 제인도 같은 마음이었다.

* * *

중재단은 돌아가고, 개척대는 계속 북상했다. 중간에 코볼트 군락과의 전투 중 디펜더스 용병단 쪽에서 사상자가 다수 발생하자 권산은 디펜더스 용병단과의 계약을 종료하고 사례비를 건넸다.

"넉넉하게 넣었고, 수고해 줬다. 우리 아르고 용병단은 실력 있는 용병을 받고 있으니 혹시 우리의 일원이 되고자 한다면 언제든 환영이다. 돌아갈 길이 멀지만 청소가 많이 됐으니 위험하진 않을 것이다."

디펜더스 용병단장인 토니는 고맙다는 말을 전하고 동료들을 데리고 떠났다.

작은 용병단이지만 당장은 독립적으로 활동하고 싶다는 말과 함께였다.

그날 밤 막사에서 권산은 민지혜와 통신을 연결했다.

"민 실장, 투견과 중간 접선 하기로 한 100㎞ 지점이 이 근방이야. 투견은 어디까지 와 있지?"

—투견 부단장은 권산 님의 위치에서 20㎞ 북쪽에 있어요. 일시만 정하면 이번 개척의 마지막 단계인 자이언트 스콜피온

은 아르고 용병단 전원이 사냥을 같이하게 되실 것 같네요.

"투견이 기대 이상으로 아주 잘해주고 있군. 트윈헤드 오우거는 무리 없이 사냥했어?"

렌즈 화면에 뜬 민지혜는 빙긋 웃었다.

—권산 님께서 히드라 사냥한 거에 비하면 아주 수월하게 했죠. 정말 무지막지한 무기를 동원했거든요. 영상으로 띄울 테니 직접 한번 보세요.

화면에서는 용병단원 중 누군가 오우거 사냥 당시를 촬영한 영상이 흘러나왔다.

네 사람의 용병단원이 총신의 길이만 2미터가 넘는 엄청난 크기의 라이플을 땅에 거치하고 스코프에 눈을 대고 엎드려 있었다. 민지혜의 설명이 곁들여 졌다.

—화성에서 쓰기 위해 특별 제작 한 괴물 저격 총이에요. 'Mars—20㎜' 라고 하죠. 유효사거리가 지구에서 쏘면 5㎞에 달해서 대괴수전에 쓸 정도의 성능인데 화성에서는 1㎞밖에 나오지 않고 있어요. 그래도 한 정에 2,000만 원이나 하는 명품이죠.

두 용병단원은 상당히 숙련된 손놀림으로 1㎞ 바깥의 오우거 군락을 저격했다.

몸통에 탄을 맞은 오우거는 가죽이 완전히 뚫리지 않는지 충격만 받고 즉사하지 않았다. 정말 무지막지한 내구력이었다.

정통으로 머리에 맞는다 해도 원샷에 죽지 않는 것을 보면 오우거의 피륙과 뼈가 어지간히도 단단한 모양이었다.

마침내 트윈헤드 오우거가 나타났는데 과연 지능이 높은 편인지 마구잡이로 움직이며 군락 주변에 부하들을 보내 주변을 탐색시켰다.

명사수의 조직적인 일점사로 서너 마리의 부하만 남긴 채 모든 오우거가 저격당한 뒤에야 트윈헤드 오우거는 저격수의 위치를 찾아냈고, 엄청난 속도로 뛰어왔다.

4미터에 달하는 거인형 몬스터가 한 손에 나무를 통째로 뽑아 들고 시속 80㎞ 속도로 달려드는 모습은 전율 그 자체였다.

네 명의 저격수는 라이플을 포기하고 준비된 점프팩을 착용한 뒤 가스를 분사해 고지대로 퇴각했다. 오우거는 특유의 민첩한 순발력과 유연함으로 날렵하게 바위를 건너 따라붙었고, 도망치는 적을 쫓아 언덕 하나를 막 올라섰다.

그곳에는 개인화기와 중화기로 무장한 30명 정도의 남성이 포진한 채 오우거를 기다리고 있었다.

그 중심에는 투견이 있었다. 특이한 건 모두가 겨울에나 입을 법한 상당한 두께의 옷을 착용하고 있다는 점이었다.

"얼음 폭탄 던져."

투견의 명령에 여섯 명의 단원들이 사람 머리통만 한 구체를 주변의 땅으로 던졌다.

쾅! 쾅!

흰색 운무가 터지며 대기에 수증기가 응결되자 모두들 기다렸다는 듯 화기를 꺼내 방아쇠를 당겼다.

두다다다다!

수 초 사이에 수백 발의 총탄이 트윈헤드 오우거의 몸에 박혔다. 그러나 오우거가 양손을 들어 머리통의 눈알을 방어하자 단원들의 화력 전개로는 겨우 피부를 뚫는 수준밖에 위력이 나오지 않았다.

그러나 탄막 특유의 저지력은 대단하여 놈은 주춤주춤 뒤로 물러섰고, 마침내 언덕의 끝까지 밀려났다. 그러고는 얼음폭탄의 유효 시간이 끝나자 투견이 한쪽 손을 들었고, 모두가 화기를 내렸다.

—현무 알파가 마무리해 주시오.

투견이 뒤를 보며 말하자 그의 등 뒤에서 덩치가 크고 짧은 머리를 한 장규철이 나타났다.

장규철의 뒤에는 홍련과 전명희, 서의지, 백민주가 나란히 서 있었다.

서의지가 활을 재어 독화살로 선제공격을 했고, 전명희의 뇌격이 뒤를 이었다.

현무 알파는 오랫동안 합을 맞춘 듯 서의지와 전명희가 빠지자 장규철과 홍련이 공격해 들어갔고, 둘이 다시 빠지자 서의지와 전명희가 재차 공격을 반복했다.

트윈헤드 오우거도 마구 통나무를 휘두르며 난폭하게 저항했으나 백민주의 치유 능력 지원을 받는 헌터들에게 상처를 입히지 못하고 마침내 무릎을 꿇었다.

장규철이 청동 주먹으로 무릎의 오금을 박살 냈고, 홍련이 청룡도로 트윈헤드 오우거의 목 두 개를 동시에 날려 버린 것이다.

영상이 종료되자 권산은 민지혜에게 물었다.

"저 슈퍼 저격총은 말이 총이지 완전 대포로군. 화성에서 위력을 발휘할 수 있게끔 장약과 구경을 대폭 키웠으니 저만한 살상력이 나오겠지. 하지만 얼음 폭탄은 뭐지? 그게 터지니 마치 지구에서처럼 개인화기를 운용할 수 있던데 이건 어떻게 된 거지?"

—얼음 폭탄은 별명이에요. 정확히는 'Anti—SF6 Genade'라고 해요. 아시다시피 화성 대기의 SF6 가스가 화력 병기의 장애 요인이잖아요. 그래서 SF6 가스를 제거하면 된다는 발상에서 나온 무기예요. SF6 가스는 영하 30도에서 얼거든요. 얼음 폭탄은 액체질소와 액체헬륨의 조합물인데 이것으로 주변의 대기를 영하 30도 이하로 떨어뜨리면 SF6가 얼어서 응결되

고, 그 틈에 SF6 가스의 방해 없이 화기를 쏟아붓는 거죠. 운용 시간은 1분, 단점으로 얼음 존 내부의 산소 농도가 떨어져서 호흡을 할 수 없다는 점은 있어요.

권산은 진성그룹 연구원들이 만든 성과에 진심으로 감탄했다. 역시 과학에는 하나의 답만 있는 게 아니다. 다른 발상으로 화기 문제를 해결한 것은 권산의 행로에 아주 긍정적인 영향을 미칠 터였다.

“좋아. 현무 알파가 와주니 전술이 다양해지는군. 그럼 투견과 날을 정해 자이언트 스콜피온을 잡고 개척을 마무리하지.”

자이언트 스콜피온을 사냥하기 위해 브레이브 용병단이 준비한 물건이 있었다. 바로 히드라의 독낭이었는데 사냥 과정에서 피와 혼합되어 적녹색을 띄고 있었다. 워낙에 지독한 독인지라 히드라의 내장을 꺼내 먼저 주머니를 만들고 그 안에 독낭을 통째로 보관했다.

자이언트 스콜피온도 꼬리의 맹독이 무서운 몬스터였지만 히드라의 독에는 내성이 없을 터였다. 다만 두꺼운 갑각을 어떻게 뚫어내고 중독을 시킬 것인가가 관건이었다.

권산은 미리 투견과 통신을 주고받아 공격 위치와 시각을 정했다. 자이언트 스콜피온이 야행성인 것을 고려하여 사냥 시간을 정오로 결정했다.

권산은 브레이브 용병단에게 북쪽에서 다른 아르고 용병단원들이 합류한다는 사실을 전하고 그들이 원거리에서 전갈의 갑각에 상처를 내면 독액을 쏟아붓기로 작전을 정했다.

"칼라일, 실피르 강 몬스터 토벌의 마지막 단계다. 이번 사냥은 특히나 위험하니 경갑옷을 입은 인원들은 투입하지 않아도 좋다."

"배려해 주신 것은 감사하지만, 용병이 일도 하지 않고 돈을 받는 경우는 없습니다. 최대한 조심히 사냥하지요, 공작님."

권산은 고개를 끄덕였다.

"철중과 진광은 자이언트 스콜피온의 서식지를 우회해서 투견과 합류해. 너희의 마법무기로는 스콜피온의 갑각을 뚫지 못하니 투견에게 괴물 총을 받아서 원거리 지원을 해줘."

진광은 쓰게 미소 지었다.

"안타깝지만 그래야겠군요, 단장. 상식적으로 곱에서나 우리가 해볼 만하지 괴물 전갈은 도무지 안 될 것 같거든요. 단장 정도의 무술 경지에 오르려면 다시 태어나도 힘들 테니 깔끔하게 군인처럼 싸우겠습니다."

강철중은 묵묵히 자신의 마법창을 매만졌다. 특공무술과 백병전이라면 이골이 날 만큼 수련했지만, 이능력이 있는 헌터도 아니고, 현대식 병기의 힘도 빌릴 수 없다면 솔직히 이 사냥에 자신의 역할은 없다. 진광처럼 깔끔하게 포기하기에는 자존심이 상했다.

"단장, 이 사냥이 끝나면 정말 제대로 수련하겠습니다."

"그래."

권산은 노바첵 영지에 돌아가는 대로 아르고 용병단을 무장시킬 마법 무구를 주문할 생각이었다. 이는 록스타에게 도움을 얻어야 하는 부분이다.

이 세계의 몬스터 역시 지구의 괴수처럼 특출 나게 위험한 종이 많았다. 작전을 벌일 때마다 동료들을 잃는다면 세력을 확장해야 하는 권산의 입장에서 인력 운용이 점점 힘들어진다.

권산은 마지막으로 제인에게 사냥에 참여해 줄 것을 부탁했다. 자이언트 스콜피온은 총 3마리가 나타날 것이다. 자신이 기습으로 선공을 날려 한 마리를 무력화시킬 것임을 감안해도 최소 1명은 더 있어야 스콜피온을 묶어둘 수 있다.

"제인, 사냥에 참여해 주겠어?"

"이렇게 위험한 일을 잘도 부탁하는군. 알았어, 소드마스터의 힘이 필요하다면 도와줄게. 하지만 나중에 내 부탁도 들어줘야 해."

"무슨 부탁인데?"

"일단 비밀."

붉은 머리를 휘날리며 제인은 막사에서 나가 버렸다. 영지전이 끝난 후 권산에게 포스연공술을 배우기 위해 이곳까지 따라온 제인이었다. 포스연공술 전수가 끝나고 소드마스터를 각성한 마당에 떠나지 않는 이유는 권산도 몰랐다. 물론 전력에 보탬이 되니 좋은 일이었지만…….

마지막으로 미나를 보며 말하려던 권산은 깜짝 놀랐다. 미나의 눈빛이 이글이글 타오르고 있어서였다.

"미나, 무슨 일 있어?"

"흠… 별것 아니에요 왠지 모르게 호승심이 생겼다고나 할까요. 호호호, 아 물론 자이언트 스콜피온 때문이죠."

전업 헌터 초기에 만난 앙칼진 미나가 보이는 건 왜일까. 권산은 애써 머리를 흔들며 말했다.

"육각 실드로 최대한 용병들을 보호해 줘. 집게와 독침 공격에서 말이야."

"알겠어요. 정말 제대로 싸워볼게요. 물론 스콜피온하고요."

"자 그럼 출발하자."

*　　　*　　　*

모래 토질이 넓게 펼쳐진 황무지.

강철중과 진광은 황무지를 넓게 우회해서 북쪽으로 올라갔다. 중간에 소규모 놀 무리와 마주쳤으나 수 분만에 정리하고 마침내 투견과 합류했다.

투견은 용병단과 함께 낮에는 도보로 실피르 강을 개척하며 내려오고, 밤에는 강물에 떠 있는 고속정에 올라 야영을 하고 있었다. 일종의 수륙양용 전술이었다. 식량과 무기와 점프팩용 가스탱크가 고속정에 실려 있었기 때문에 둘은 그곳에서 괴물총을 지급받았다.

"휴! 정말 무지막지한 크기군. 혼자서는 운용할 수 없겠어."

"크하하. 철중이 너는 할 수 있잖아. 워낙에 힘이 좋으니까."

"이 엄청난 크기를 봐. 혼자서 이 총을 들고 탄약까지 운반할 수 있겠어?"

"흠. 그건 그렇군. 투견, 이거 2인 1조로 쓰는 거지?"

투견은 고개를 끄덕였다.

"맞다. 반동이 워낙 세서 한 열 발쯤 쏘면 어깨가 작살날 것 같지. 괴물총은 총 6정이 있어. 그래서 12명을 저격분대로 편성할 수 있지. 부사수는 자유롭게 지목하면 돼."

강철중과 진광은 각각 과거 이어도 특수부대 시절 안면이 있던 용병단원을 한 명씩 지목했다. 그리고 고속정에 탑승해 있던 현무 알파와 가볍게 인사를 하고 권산의 메시지를 전했다.

"이번 전갈 사냥에 현무 알파가 참여해 주면 힘이 되겠지만,

화성인들에게 이능력자들이 노출되면 곤란하다고 하십니다. 그래서 이번 작전에는 저격분대를 엄호해 달라는 말을 하셨습니다."

장규철이 대표로 나서서 말했다.

"알겠소."

12명의 저격분대와 5명의 현무 알파가 고속정을 떠나 저격 포인트로 이동하고, 투견은 다른 단원들과 강을 따라 계속 남하했다. 작전상 퇴각 포인트였다. 만약 자이언트 스콜피온 사냥에 실패하거나 생각지 못한 위협요인이 발생하면 이곳에서 강변에 접안해 저격분대를 싣고 퇴각할 예정이었다.

"드디어 단장을 다시 보는군. 어거 정말 얼굴 보기 힘든 사람이란 말이야."

투견의 혼잣말이 화성의 대기에 녹아들었다.

모래언덕의 움푹 파인 분지에 세 마리의 자이언트 스콜피온이 모래에 몸을 반쯤 담근 채 멈춰 있었다. 두 마리는 잠을 자는지 완전히 멈춰서 움직임이 없었고, 한 마리는 꼬리를 조금씩 흔드는 게 완전히 잠에 빠진 것 같진 않았다.

권산은 무전으로 저격분대에 명령을 내렸다.

"보초 전갈을 집중사격 해. 정보대로라면 놈들의 갑각이 워낙에 튼튼하기 때문에 괴물총만으로는 숨통을 끊기 힘들 거야. 30초간 전갈을 사격한 뒤 이쪽에서 돌입하면 주변 몬스터가 접근하지 못하도록 견제해. 개시."

쾅!

권산의 명령과 함께 1㎞ 밖 동쪽 저격 포인트에서 철갑탄이 날아왔다. 그러자 첫 번째 전갈의 외피에서 번갯불과 같은 마찰이 터져 나왔다.

그그극!

한 발로는 뚫리자 않았으나 연이어 다섯 발의 철갑탄이 비슷한 위치에 집중되자 탄알이 껍질에 틀어박히는 파육음과 함께 갑각의 틈에서 체액이 맹렬하게 터져 나왔다.

끼에에엑!

보초 전갈이 광분하며 몸을 뒤틀었고, 연속으로 날아든 총탄이 정통으로 맞지 못해 마구 튕겨 나갔다.

콰콰콰쾅!

괴물총의 위력은 알아줄만 했으나 직격하지 못하는 이상 괴물전갈의 갑각을 뚫어낼 만큼은 아니었다.

하지만 사격은 끊임없이 쏟아졌고, 그 집요함에 결국 전갈의 몸은 여기저기 깨져 나가 체액이 모래로 질질 흘러나왔다.

'좋아 저 정도면 된다.'

이미 잠을 자던 두 마리의 전갈까지 모두 일어나 공격자들을 찾아내려 광분했지만, 워낙 원거리였던지라 단번에 찾지 못하고 이리저리 흩어지며 마구 포효했다.

키에에엑!

황무지에 쩌렁쩌렁하게 울리는 날카로운 쇳소리에 귀가 다 아플 지경이었다. 권산은 강철중에게 사격 중지 무전을 하고 주변의 용병들에게 외쳤다.

"좋아. 모두 들어간다!"

권산은 두 번째 전갈에게 전광석화처럼 달려간 뒤 냅다 초살참을 전개했다.

하늘을 가른 푸른 초승달은 전갈의 거대 꼬리를 날카롭게 잘라내며 하늘로 사라졌다.

권산은 달려오던 탄력을 이용해 전갈의 등껍질을 밟고 상처 입은 첫 번째 전갈을 향해 재차 뛰어올랐다.

'이놈을 먼저 정리한다.'

권산은 수평으로 집게를 휘둘러 오는 전갈의 공격을 땅에 바짝 붙어 피하고, 검강을 뽑아내 한쪽 집게손을 날려 버렸다.

크라라!

그렇게 권산이 자이언트 스콜피온과 대치하게 되자 브레이브 용병단이 달려와 스콜피온의 등껍질 위로 독낭이 든 자루를 던졌다.

깨진 갑각 틈새로 독액이 스며들기를 노린 것이다.

효과는 거의 즉시 나타났다. 스콜피온은 부르르 떨며 꼼짝도 하지 못했고, 권산은 즉시 뒤돌아 세 번째 스콜피온을 바라보았다.

그 사이 제인과 꼬리 침이 사라진 스콜피온이 치열하게 맞붙었는데 제인은 욕심내지 않고 오러 블레이드를 펼쳐 갑각에 하나하나 구멍을 늘리고 있었다.

오러 블레이드라 할지라도 저항이 걸릴 만큼 단단한 갑각이었으나 속도와 회전력이 깃든 그녀의 찌르기는 이미 달인의 경지였다.

스콜피온은 미꾸라지처럼 빠져나가며 옆구리를 찔러대는 제인에게 분노를 터뜨리며 마구 집게손을 휘둘렀다.

그 때문에 재수 없게 4명의 브레이브 용병단원들이 휘말리며 멀리 나가떨어졌다.

뼈가 부러지는 소리가 들렸으나 다행히 푹신한 모래 바닥이라 치명상은 아닐 듯했다.

"조심해라."

칼라일은 땅을 박차고 뛰어올라 제인과 함께 스콜피온을 협공했다.

전력으로 머리를 내려찍고, 제인이 뚫어놓은 구멍에 도끼를 박아 넣어 구멍을 더욱 벌렸다.

"단장!"

용병단원이 독낭이 든 주머니를 칼라일에게 던지자 칼라일은 이를 왼손으로 잡고 공중제비를 돌며 전갈이 휘두르는 집게손에서 빠져나온 뒤 옆구리의 구멍으로 주머니를 던졌다.

주머니가 산산이 터지며 독액이 비산했고, 스콜피온의 왼쪽 다리와 집게가 힘을 잃고 축 늘어졌다. 몸의 절반이 마비된 것이다.

움직임을 잃은 자이언트 스콜피온의 머리에 제인의 오러 블레이드가 박히자 마침내 스콜피온의 움직임이 우뚝 멎었다.

"제인 블레어가 자이언트 스콜피온을 잡았다."

제인이 레이피어를 번쩍 치켜들며 소리치자 용병들의 사기가 백배 올라 마지막 남은 스콜피온을 협공하기 시작했다.

"위험해!"

용병들은 성급했다. 소문과는 다르게 갑각이 쉽게 뚫린다고 여겼는지 무모하게 칼을 휘둘렀지만 칼은 튕겨 나가고 약간의 대미지도 주지 못했다.

두 명의 용병이 동시에 집게손에 쓸려 들어가고 막 우그러지려는 찰나, 미나가 육각 실드를 전개해 집게손 사이에 끼워 넣었다.

끼끼긱!

육각 실드는 0.5초 만에 깨져 나갔으나 그 정도 여유는 권산이 집게손을 날려 버리기에는 충분한 시간이었다.

파앗!

힘을 잃은 집게손 하나가 땅에 떨어지며 그 사이에 껴 있던 용병 둘이 혼이 빠져나간 표정으로 허리를 매만졌다.

"살았다."

"오오! 내 허리가 안 잘렸어."

그때 칼라일이 달려와 둘을 뒤로 밀쳤다.

"정신 차려!"

칼라일이 고함치며 베틀엑스를 스콜피온에게 던졌다. 막 독침으로 용병들을 노리던 전갈은 눈 쪽을 향해 날아오는 도끼를 피하기 위해 본능적으로 몸의 방향을 틀었고, 덕분에 독침은 땅을 찍고야 말았다.

파악!

땅거죽이 1미터는 파이며 모래 더미가 허공에 마구 비산했다.

권산은 그 틈에 갑각 위로 올라서 검강으로 꼬리를 베어내고 한 초식에 등껍질을 일자로 길게 베어냈다.

검강의 무지막지한 파괴력에 전갈의 체액이 튀고 핏빛 속살이 훤하게 드러났다.

"비켜! 권산."

제인은 나비처럼 가벼운 동작으로 쓰러진 스콜피온들의 사체를 넘고 달려와 용병의 손에서 독주머니를 낚아채고는 마지막 스콜피온의 등 위로 던졌다.

동시에 왼손에서 망고슈가 플라잉 오브젝트 마법이 날아오며 독액 주머니를 터뜨렸다.

적녹색의 독액이 길게 갈라진 갑각 사이로 스며들어 가자 마지막 스콜피온 역시 부르르 떨며 마비 증상을 일으키더니 이내 숨이 멎었다.

마지막 스콜피온까지 잡아내는 데 성공하자 모두는 숨을 몰아쉬며 장내를 벗어나 부상자를 돌봤다.

미나의 결정적인 실드 방어 덕에 목숨을 잃은 이는 없었다. 하지만 두 명이 팔뼈가 부러졌고, 한 명은 갈비뼈에 금이 갔다.

탕! 탕!

그때 괴물총의 총성이 두 번 울렸다. 권산은 바로 무전으로 물었다.

"상황 보고."

—강철중입니다. 정체 미상 사족 보행형 몬스터 두 마리가 접근했지만 현무 알파가 마무리했습니다.

"오케이. 잘 처리했다."

모두는 응급처치 후에 막사로 돌아갔다.

권산은 그곳에서 칼라일에게 의뢰 완수에 대한 사례비를 건네고 개척대의 임무를 훌륭히 수행한 것에 대한 고마움을 표시했다.

“독립적으로 활동하고 싶다면 할 수 없지만, 아르고 용병단의 일원으로 활동하고자 한다면 언제든 찾아와도 좋다.”

칼라일은 잠시 심각한 표정으로 고민하다 머뭇거리며 말했다.

“저 혼자 결정할 사항은 아닙니다. 일단 카르타고에 돌아가 신변을 정리하고 결정하겠습니다. 아래 단원들과도 이야기를 좀 해보고요. 혹시 아르고 용병단 식구가 된다면 소드마스터가 되는 무술을 가르쳐 주십니까?”

칼라일은 제인이 권산의 가르침을 통해 소드마스터에 오르는 것을 똑똑히 보았다. 노엄 공작마저 인정하지 않았던가. 권산은 피식 웃으며 화답했다.

“모두가 소드마스터가 될 수는 없어. 각자의 재능과 노력에 달렸지. 하지만 내 식구가 된다면 무술을 가르쳐 주는 건 물론, 마법 무구까지 줄 수 있다. 돌아가면 잘 생각하고 다시 찾아오도록 해.”

다음 날 아침 브레이브 용병단이 남쪽으로 떠날 채비를 했다.

권산은 제인에게 그들과 함께 귀환해서 블레어 백작령으로 돌아가도 좋다고 말했다.

"왜지? 권산 너와 돌아가면 안 되는 건가?"

"아르고 용병단끼리 처리해야 할 일이 남았어. 너를 소드마스터로 만들겠다는, 블레어 백작님과 했던 약속도 끝났으니 너도 이제 백작령으로 돌아가도 좋아."

"난 아직 더 배울게 많아. 정 그렇다면 일단 노바첵 영지에서 기다리고 있을게."

제인이 스스로의 의지로 남아서 기다리겠다는데 권산이 딱히 가라고 할 명분은 없었다.

권산이 별말을 하지 않자 제인은 승낙으로 인지하고 브레이브 용병단과 합류하여 노바첵 영지 방향으로 사라졌다.

그들이 떠난 것을 본 권산은 이내 미나와 함께 투견이 기다리는 퇴각 포인트로 이동해서 고속정에 탑승했다.

그곳에는 미리 합류한 강철중과 진광, 현무 알파가 기다리고 있었다. 그렇게 근 반년의 시간을 뛰어넘어 아르고 용병단은 다시 뭉쳤다.

"투견, 고생이 많았다. 드디어 화성 숙영지와 노바첵 영지를 잇게 되었어. 우리 프로젝트의 교두보가 완성된 거지. 네 공이 크다."

"과찬이십니다, 단장. 여기 단원들 모두 화성 개척에 참여한다는 자부심이 아주 강합니다. 물론 저도 그렇고요."

"좋아. 배를 돌려라. 오랜만에 화성 숙영지로 돌아가자."

권산은 현무 알파와도 재회의 기쁨을 나눴다. 특히 사매인 홍련은 이제 어엿하게 완성된 헌터였다. 권산이 홍련을 손가락으로 가리키자 홍련의 렌즈에 문구가 생성되었다.

사용자 정보 요청이 접수되었습니다. 공개하시겠습니까?

홍련이 승낙하자 홍련과 권산의 시야에 동시에 화면이 올라왔다.

[홍련]
연령: 21
이능: 육체강화
육체: 90
정신: 83
장비: 95
종합등급: 상급

"최상급 직전이로구나. 옵사디움 갑옷 덕에 장비 점수로 덕을 봤어."
"홍! 아니거든요. 저 조금만 더 하면 용살기공 9성 찍으니까 헌터관리국에서 미리미리 알아본 거죠."

권산은 홍련의 머리를 쓰다듬었다. 그녀가 헤헤 웃으며 벨트에서 적녹색 보석을 꺼내 권산에게 건네주었다.

"선물이에요. 사형 이거 다 써서 없죠? 제가 사냥하다가 좀 구해서 하나 드릴게요."

권산이 보니 엄지손톱만 한 내단석이었다. 내단석은 내공을 증폭시키는 효용이 있는데 무찰린다 사냥 시에 다 쓰고 없었다.

권산은 내단석을 받아 내공 증폭 벨트에 끼워 넣었다.

"그리고 사형이 괴수 광물 샘플 많이 구해달라고 하신 거 화성 숙영지에 준비되어 있으니 찾아가세요."

"고마워."

고속정은 다시 상류로 거슬러 반나절을 더 올라갔다.

배수량 140톤의 전장 30미터급 고속정이 30여 명을 싣고 운행하자니 탑승 공간이 꽉 찼으나, 지금은 화기를 조립해 놓지 않아 갑판에 공간이 좀 있었다.

별이 총총 뜨는 시간이 다 되어서야 고속정은 실피르 강을 벗어나 인공 운하로 접어들었다.

투견이 용병단원들과 폭약을 이용해서 판 바로 그 운하였다.

5㎞ 쯤 더 진행하자 마침내 화성 숙영지 내부의 운하 부두에서 하선할 수 있었다.

“정말 오랜만에 왔구나.”

미나도 배에서 내리며 마치 고향에 온 듯한 향수에 젖었다. 화성 숙영지의 중심에 있는 양자터널만 통과하면 바로 지구로 갈 수 있지 않던가. 기분만은 이미 지구에 와 있는 느낌이었다.

그곳에는 미리 연락을 받고 온 이들이 몇 명 기다리고 있었다. 김요한 박사와 민지혜가 다가와 악수를 건넸다.

“정말 오래간만에 돌아왔네. 고생 많았어.”

“권산 님, 고생 많으셨어요.”

권산도 마주 악수하며 둘의 손을 꽉 잡았다.

“해야 할 일은 아직도 많습니다. 며칠만 이곳에 머물다가 돌아가지요. 제 스승님은 존체는 좀 어떠십니까?”

김요한이 굳은 표정으로 고개를 저었다.

“최고의 의료진이 밤낮으로 간호하고 있네만… 여전히 혼수상태에서 깨어나질 못하시네. 이능력의 후유증 때문이니 현대 의학으로는 통 답을 알아낼 수 없는 모양이야. 그래서 말인데 차도가 있을 만한 다른 방안이 있는데… 어떤가, 들어보겠는가?”

“물론이죠. 어떤 방안이신지?”

“이게 이야기가 좀 길어지는데 저녁 식사를 하면서 마저 이야기 나누세.”

권산과 미나, 용병단의 부단장들, 그리고 현무 알파, 김요한과 민지혜는 화성 숙영지의 중앙사령부로 들어가 원탁에 둘러앉았다.

진성그룹에서 파견된 셰프들이 저녁 요리를 내오자 김요한이 먼저 입을 열었다.

“아스신족이라는 종족이 드워프족에게 의뢰하여 우주배 묠니르를 만든 것 기억나나? 미나 양이 찾은 플라톤의 서적에 나오는 내용이었지”

“물론이죠. 기억납니다. 일전에 미나가 양자연구소 쪽으로 아스신족에 대한 지구 쪽 사료를 찾아달라고 요청까지 했었죠.”

“그래. 바로 그 이야기를 먼저 해야겠군. 북유럽 쪽 스칸디나비아 반도의 신화에 아스신족이 언급된 게 있거든. 역사시대 이전이기 때문에 연대 산출이 좀 부정확한데 대략 5천 년 전쯤, 그러니까 기원전 3천 년 경에 북구의 인류와 접촉했고, 몇백 년간 꾸준히 교류하다가 갑자기 신화시대의 종료와 함께 사라지지. 그 뒤로는 더 이상 아스신족이 지구에 나타났었다는 기록이나 구전은 없어. 좀 더 자세히 알아보려고 노르웨이 신화에 가장 정통한 에나르손 교수라는 사람을 찾아봤는데 1년 전쯤 교수직을 사임하고 게오르그 슈미트사에 들어갔다고 하더군. 신화학자이자 고고학자가 왜 그런 첨단

회사에 들어갔는지 참 알 수가 없어. 무슨 기밀 연구를 하는지 연락도 두절되었고 말이야. 이 기록은 따로 정리해 뒀으니 이데아를 통해 열람하게."

"북구 신화와 스승님의 치료법이 어떤 상관이 있습니까?"

김요한은 물을 한 잔 들이켰다. 말을 많이 하니 목이 조금 멘 것 같았다. 민지혜가 그걸 보며 대화의 바톤을 이어받았다.

"권산 님, 나머지는 제가 말할게요. 일단 아스신족의 실존을 근거로 북구 신화가 사실을 기반으로 쓰여졌다고 가정할게요. 그래서 저와 박사님은 혹시 신화 속에 이광문 스승님의 병세를 치유할 만한 단서가 있을지 찾아봤어요. 결론부터 말하면 예스예요. 그런 게 있더라고요. 신화 속에 기록된 전설의 성약이."

민지혜의 발언 내용은 몹시도 흥미진진했다. 모두는 식사를 중단하고 이윽고 이어질 그녀의 말을 기다렸다.

"제가 엄청 인기 있어진 느낌인데요. 후훗! 계속 말해볼게요. 세계수의 어린 잎사귀를 먹고 산다는 에이크시르니르라는 수사슴이 있어요. 세계수는 절대적 생명력의 원천이고, 어린 잎사귀는 무궁한 생명력을 상징하죠. 그걸 먹이로 큰 수사슴의 뿔을 갈아서 먹으면 신족조차 죽음에서 소생할 수 있다고 전해져요. 바로 이 성약을 실제로 찾아보는 게 어떤가요,

권산 님."

"성약이라… 수사슴을 잡아야 한단 말인데, 그렇다면 세계수가 있는 목성으로 가야하는 건가."

민지혜는 고개를 저었다.

"그건 불가능하죠. 목성에 도달할 우주 기술도 없고, 양자 터널처럼 목성과 연결된 초광속 게이트는 없으니까요. 다만 목성의 토착종인 엘프가 화성에 와 있으니, 엘프들과 만나 성약에 대해 정보를 구하고 그들을 통해 성약을 구하는 게 유일한 방법일 거예요."

권산은 깊은 생각에 빠졌다. 마음만은 당장에라도 엘프들에게 찾아가 성약을 구하고 싶었지만, 가능성이 얼마나 있는지, 언제 그들을 찾아갈지에 대해 궁리하는 것이다.

그렇게 저녁 식사가 끝나고 모두는 각자의 숙소로 흩어졌다.

권산은 샤워를 하고 흙먼지를 씻어낸 뒤 금속제 벽으로 구성된 단출한 방의 침대에 누워 멍하니 천장을 바라보았다.

화성 정착 프로젝트는 일단 궤도에 올랐다.

젤란드 왕국으로부터 북방 개척지는 자신의 공작령으로 귀속한다는 허가를 받아냈으니 인력을 늘려 몬스터를 몰아내고 방어선을 구축한 뒤 지구의 이주자를 받아들이는 일만 남았다.

이제 다음 목표는 제국으로 건너가 암천마제의 종적을 추적할 차례였다. 한데 성약을 구한다는 새로운 목표가 생겼으니 어떤 것을 우선 처리할지 결정해야 했다.

성약을 구하려면 아케론 지역으로 가야했고, 암천마제는 타르시스 지역으로 가야했다.

동선이 정 반대다.

권산이 고민에 빠졌을 때 누군가 방문을 두드렸다.

"오빠, 저예요."

'음?'

권산이 방문을 열자 가벼운 실루엣 드레스를 입은 미나가 서 있었다.

흰색의 매끄러운 재질과 그녀의 굴곡진 몸매가 잘 어우러져 하나의 조각품을 보는 듯했다.

"들어가도 되죠?"

"들어와."

권산은 미나에게 의자를 권하고 침대에 앉아 마주보았다.

"무슨 생각 하고 있었어요?"

"그냥 다음 목표에 대한 생각 중이었어. 암천마제를 쫓을지, 성약을 찾을지 말이야."

미나는 사뿐히 의자에서 일어나 권산의 앞으로 다가와 그의 머리를 끌어안았다.

"오빤 참 완벽주의자예요. 그래서 내가 좋아하긴 하지만……. 흠! 내가 정답을 말해줄게요. 그냥 아무거나 선택해요. 그리고 나머지 하나를 동료에게 맡기세요. 오빠는 몸이 하나니까 그렇게 하는 게 당연해요."

미나는 권산의 어깨를 살며시 밀어 침대로 밀어뜨렸다. 둘은 서로의 시선을 교환하며 아무런 말도 하지 않았다. 가벼운 입맞춤 뒤에 권산은 미나를 끌어서 눕히고 자세를 반전했다.

"제대로 챙겨주지 못해 항상 미안하게 생각해."

"쓸데없는 말 집어치워요."

이윽고 철제 벽으로 된 소박한 방의 내부가 뜨겁게 달아올랐다.

끝없는 열망과, 한계를 모르는 체력에 환희가 찾아오는 밤이었다.

한바탕 열풍이 지나가고 권산과 미나는 가만히 침대에 누워 서로를 안았다.

그때 미나가 촉촉이 젖은 눈으로 권산을 바라보았다.

"저 통일한국으로 돌아가야 해요."

"갑자기 무슨 일이야?"

"자세한 건 저도 파악하지 못했어요. 제 비서진 쪽에서 화성 숙영지에 남긴 메시지가 있더라고요. 일단 돌아가 봐야겠지만, 이제 화성 프로젝트에 합류하기는 어려울 거 같아요."

"음… 내가 도움이 될 일이 있어?"

"말만이라도 고마워요. 우주 도시와 관련된 것 같으니 일단 제 힘으로 해볼게요."

권산은 길게 한숨을 쉬었다. 자신의 여정은 기약이 없었다. 수년이 아니라 얼마가 더 걸릴지 장담할 수 없었다.

한데 미나가 떠난다니 아쉬울 뿐이었다.

"내게 하고 싶은 말은 있어?"

"네. 물론 있죠. 저 말고 한눈팔면 가만 안 있을 거예요. 특히 제인 블레어 그 앙칼진 계집애를 조심해요. 진짜!"

권산은 눈을 찡긋했다.

"제인이 좀 예쁘긴 하던데… 음……."

"아우 진짜!"

미나가 권산의 팔을 꼬집자 권산이 그녀를 번쩍 들어 끌어안았다.

"그럼 미나가 얼마나 예쁜지 다시 보도록 할까?"

헤어짐이 아쉬운 만큼 둘은 무섭도록 서로의 마음을 확인하고 또 재확인했다.

그렇게 깊은 밤이 되어 시공이 섞여들고 감각의 자각을 느끼며 시간의 흐름이 멈췄을 때.

권산은 앞으로의 행보를 결단했다.

'성약을 먼저 찾겠어. 아케론으로 간다.'

*　　　*　　　*

권산은 제인에게 동료들을 소개했고, 제인은 특유의 도도한 눈빛으로 살짝 고개를 숙여 둘에게 인사했다. 권산은 매튜를 보며 말했다.

"일단 모건 후작의 동태에 대해 면밀하게 감시할 필요가 있소. 영지전을 잘 방어했으나 그가 어떤 모략을 꾸밀지 알 수 없는 일이지. 혹시 중재단이 돌아갈 때 노엄 공작이 노바첵 영지에 들리지 않았소?"

매튜의 얼굴에 좋은 건지 나쁜 건지 알 수 없는 기묘한 표정이 깃들었다.

"노스랜더 공작님 이제 왕국 최고의 고위 귀족이 되셨으니 제게는 편하게 말씀하셔도 됩니다. 제가 왕족도 아니고 계속 그런 경어 표현을 쓰시면 제가 더 불편합니다."

영어는 한국어만큼 경어 표현이 발달하지 않았으나 상대를 높이는 호칭이나 표현법, 문장의 길이 등으로 존대의 정도를 나타낼 수 있다. 권산은 매튜의 말을 듣고는 이쪽 세계의 룰은 지키는 게 좋다고 판단하여 바로 표현을 고쳤다.

"알겠다. 그렇게 하지."

"안 그래도 노엄 공작께서 영주성에 직접 찾아와서 저를 찾으시더군요. 그러더니 대뜸 중매를 보낼 테니 준비하라고 말하시고는 그냥 가버리셨습니다. 그 일로 영문도 모르고 당황하고 있던 참이었죠."

'노엄 공작이 다급하긴 다급했군. 바로 매튜를 물다니.'

권산은 넌지시 노엄과 있었던 일을 언급했다.

"노엄 공작에게는 소피아라는 막내딸이 있는데, 아주 절색이라고 하더군. 노엄 공작이 소피아의 짝을 찾기에 내가 매튜 너를 추천했다."

"일개 남작 나부랭이인 저를 말입니까?"

"어찌되었건 노엄 공작이 네게 먼저 혼담을 꺼냈으니 일이 잘될 모양인데, 매튜 너도 긍정적으로 생각하는 게 어때?"

매튜도 바보가 아니었다. 이전부터 권산과의 대화를 통해 노엄 공작과 인연을 맺어둬야 모건 후작으로부터 영지를 지킬 수 있다고 생각했기 때문이었다.

"일단 중매가 오면 이미지 크리스털에 그녀의 모습을 담아올 테니 보고 판단해야겠지요. 흔치 않은 기회임은 분명합니다. 듣던 정도의 미녀라면 더욱 좋고요."

"그래. 마음이 가는 쪽으로 판단하면 되겠지. 그리고 앞으로 내 거취에 대해 미리 말해둘 게 있어. 수개월 내 용병단 정비가 끝나는 대로 파티를 꾸려 여정을 떠날 생각이다."

매튜의 얼굴에 의아함이 떠올랐다.

“상당히 멀리 떠나실 것 같습니다만. 무슨 일이 있으신 겁니까?”

“엘프들에게서 한 가지 구할 물건이 있다. 그러려면 아케론으로 가야겠지.”

“아케론의 엘프는 몹시 위험한 종족입니다. 특히 호전적인 블러드 엘프라도 만나시는 날에는 귀찮은 일이 많이 생길 겁니다. 조심하십시오.”

권산이 고개를 끄덕이자 이번에는 제인이 물어왔다.

“파티원이 필요하다면 나도 참가하고 싶은데?”

“네가? 이제 소드마스터도 되었으니 영지로 돌아가야지?”

“난 아직 배울 게 많아. 홀로 수련할 단계는 넘은 것 같으니 나도 끼워줘. 내 한몫은 충분히 할 수 있으니까.”

제인이 아직도 노바첵 영지에 남아 있는 것은 전적으로 그녀의 의지였다. 신세를 지고 싶지 않은 권산이 재차 돌아가는 게 좋겠다고 말하자 제인이 비장의 카드를 꺼냈다.

“북방 개척에서 힘을 빌려준 대가로 내 부탁을 하나 들어주기로 했었지? 그걸 지금 쓰겠어. 파티에 넣어줘.”

확실히 그런 일이 있었다. 원군으로 참전한 뒤 북방 개척까지 도운 그녀에게 축객령을 내릴 수는 없는 노릇이었다.

‘흠.’

정식으로 용살문의 문도가 된 것은 아니니 무술을 더 가르칠 생각은 없었으나 지금 제인의 경지는 절정 고수 초입으로 충분히 전력에 보탬이 되는 수준이었다.

"좋아. 목숨을 거는 여정이 되겠지만, 파티에 들어온다면 환영할게. 2개월 정도 정비를 하고 떠날 테니 그 안에 블레어 영지에 다녀오는 게 어때?"

"그러지."

다음 날 제인이 블레어 영지로 배를 타고 돌아가는 것을 시작으로 권산은 한동안 영주성에 머물며 강철중, 진광, 투견을 비롯해 매튜에게까지 무술을 전수했다.

수준은 용살기공 3성, 육합권을 기본공으로 하여 발경과 경기공을 가르치고, 각자의 무기에 맞는 실전 무기술을 즉석으로 창안하여 전수했다.

강철중의 장창, 진광의 워해머에 대한 기술은 완전히 만들다시피 했고, 투견의 박도, 매튜의 롱소드는 이미 수준급에 올라 있는 그들의 연무를 보고 부족한 부분을 보완하고, 비기를 다듬어주었다.

전혀 기공을 익히지 않은 몸들이라 권산이 직접 명문에 내기를 불어넣어 운기행공을 도와 속성으로 기공을 체득할 수 있게끔 했다.

"시간이 없어서 속성으로 가르쳤지만 꾸준히 수련만 한다면 언젠가 소드마스터도 가능하다. 각자 숙달이 좀 되면 단원들에게도 무기술을 전수해라."

"알겠습니다. 단장."

백민주는 매튜가 붙여준 시종과 함께 영어 공부에 열심히였고, 권산은 서의지와 함께 록스타 영감을 찾았다.

"잘되어가십니까?"

"용병 놈들 요구가 워낙에 빡세서 머리가 아프군. 무슨 일인가?"

권산은 슬쩍 록스타의 어깨너머로 종이에 그려진 드로잉을 들여다봤다.

이미 강철중에게 보고를 받아 무슨 마법 무구를 제식화 할지 알고 있었지만 그 외형에 대해서 궁금했던 것이다.

'레비테이션 아머는 점프팩과 결합하면 공중에 상당히 오래 부유하며 공중 강습 능력을 극대화할 수 있다. 그리고 단원들의 취향에 맞춘 냉병기는 모두 리와인드 마법 무구로 제작될 것이고, 가장 핵심은 개틀링 마력 석궁이겠지. 스턴웨이브 마법이 걸린 쿼렐을 무차별로 쏘아서 화기에 못지않은 저지력을 갖는 무기. 쿼렐에 걸린 마법만 바꿔주면 다양한 전술 구사도 가능해지고.'

운용비가 엄청나게 깨질 것이 뻔했으나 단원의 생명을 잃는 것에 비하자면 충분히 감당할 만했다.

지금은 저 무기들을 설계하는 단계라 제작하는 데 시간이 필요하겠지만, 몇 개월 지나지 않아 전력화될 것이다.

권산은 등 뒤의 서의지를 가리키며 말했다.

"제 파티원인 서의지라고 하는데 마법 무구를 좀 구하러 왔어요."

록스타가 퉁명스레 답했다.

"주문 제작은 곤란해. 있는 걸 사간다면 모르겠지만."

서의지가 한걸음 나서며 록스타를 바라보았다.

"여러 가지 신기한 마법 물품을 가지고 계신다고 들었습니다. 조만간 장기간 레이드를 갈 것 같은데 제가 충분히 보급품을 가지고 있지 못해서요."

"레이드?"

"아… 여정이요!"

서의지는 필요한 물품을 정리해 놓은 종이를 내밀었다.

록스타도 인간의 언어는 수준급이었기 때문에 읽는 데 문제는 없었다.

"탄궁용 탄환, 마력 발전기, 장거리 저격 무기라… 아주 흥미로운 물건들이군그래. 탄궁이라는 걸 먼저 꺼내보지? 규격은 알아야 하지 않겠나?"

서의지는 배낭을 펼쳐 분해된 철편을 꺼내 조립했다. 능숙한 손길로 어루만지자 파트별로 분리된 금속제 탄궁이 순식간에 완성됐다.

"오호라. 재밌는 장난감이로군."

활과 비슷했지만 훨씬 아담했고, 탄환 걸이가 활줄의 중심에 자리하고 있었다. 록스타는 몇 번 시위를 당겨보더니 인상을 썼다.

"이걸 무기라고 쓰다니 참 자네도 어지간하군그래. 안 그래도 탄궁은 사정거리가 짧은데 이 정도 탄성 가지고는 가벼운 철환도 50미터가 한계겠군. 그냥 배낭에 있는 거 다 꺼내봐."

서의지는 낯 뜨거움을 느끼고 배낭의 지퍼를 열어 곳곳에서 물품들을 꺼냈다.

화살과 독극물 앰플, 손바닥만 한 정찰용 드론이 몇 기 있었고, 부착식 폭약, 위성 접속 단말기 몇 대, 용도 불명의 전자기기, 투척용 나이프, 거기에 척 봐도 무거워 보이는 축전지와 소형 발전기 키트가 올라왔다.

"이야. 이런 걸 등에 지고 다니다니 도저히 안쓰러워서 볼 수가 없구만. 이봐 권산. 아무래도 이야기가 길어질 것 같으니 바쁘면 가보게."

권산이 고개를 흔들며 답했다.

"서의지는 제 파티에서 정찰과 원거리 지원을 맡고 있습니다. 그는 10㎞ 밖의 사물도 식별할 수 있는 가공할 시력이 있고, 그 능력에 걸맞는 무기가 꼭 필요합니다. 돈은 얼마나 들어도 좋으니 어느 수준까지 가능하실지 말씀해 주시죠."

"휴. 자네는 날 아주 곤란하게 만드는 재주가 있어. 신물질만 아니었어도 혼을 한번 내주는 건데 말이야."

"매번 고맙게 생각하고 있습니다."

"그렇다면 다행이고."

록스타는 껄껄 웃으며 탄궁을 만졌다.

"우선 탄궁은 아예 다시 만들어주지. 형상 기억 마법을 새겨 평상시에는 구체로 있다가 필요할 때마다 펴지는 것으로 말이야. 활줄은 특별히 드래곤 힘줄을 써주지. 활줄로는 이보다 더 좋은 소재는 없어. 탄환은 여러 엘리멘탈의 마법환을 골고루 제공할게. 원래 손으로 던지는 건데 여기 써도 될 거야."

이어서 록스타는 소형 발전기 키트와 축전지를 만지며 서의지를 보았다.

"이건 저기 프로펠러가 달린 장난감의 동력 생성원 같은데. 척 봐도 아주 구식이야. 자석의 회전운동으로 전기를 만들고 여기에 저장했다가 쓰는 방식이군. 우리 드워프들이 딱 3백년 전쯤에 발견한 원리야. 이렇게 거창한 구조 말고 간단히 전격 마법만 각인시킨 엘릭서로 구동되는 마법 발전기를 만들어주지. 무게도 아주 가벼워."

서의지는 이제 저 무거운 물건을 들고 다니지 않아도 된다고 생각하니 기분이 좋아 거듭 감사를 표했다.

“좋아, 좋아. 그런데 자네 10㎞ 밖의 물체까지 볼 수 있다고 했나? 그래서 장거리 저격 무기를 원했었군. 흠. 이건 상당한 고위 주문이 필요한데… 엘프들의 고위법사는 포톤캐논 마법으로 10㎞ 밖까지 마력을 날려 명중시킬 수 있다더군. 다만 좌표 고정 마법을 더블캐스팅하여 보이지 않는 공간 너머를 타격하지. 그런데 우리 드워프의 지금 기술로는 두 가지 마법이 상호 연계할 수 있게끔 마법 도구를 만들 수는 없어. 그래서 육안거리 이내로 포톤캐논을 날리게끔 무기를 만들 수는 있지만, 그럴 바에는 엘릭서도 적게 소모하면서 파괴력이 큰 다른 마법을 새기는 게 더 효과적이지. 포톤캐논은 멀리 날아간다는 장점만 빼면 위력은 크지 않거든. 그런데 자네의 시력 능력이 10㎞ 수준이라면 한번 만들어볼 만하겠어. 한번 도전해 보지.”

록스타가 밤을 새는 일이 더 잦아지겠지만, 여정 준비는 차곡차곡 쌓이고 있었다.

*　　　*　　　*

2개월 후.

용병 캠프는 수송선으로 운반시킨 조립식 건물 모듈이 차곡차곡 들어차 사람이 살 만한 장소가 되어 있었다.

부두를 제외하고는 철제 방책이 사방을 둘러싸 폐쇄적인 환경을 만들어내고 있었다.

권산은 매튜와 부단장급에게 무술을 전수하는 것을 일단락했다.

속성이긴 했으나 무술에 문외한들이 아니었던지라 그런대로 봐줄 만한 수준이었다.

원정대는 4인 파티로 구성되었다.

권산, 제인, 서의지, 백민주.

록스타는 원정대에게 가장 먼저 마법 무구를 제공했다.

모두를 위해서 초경량 미스릴 실로 제작된 상반신 섬유갑옷과 리와인드 마법이 각인된 투척용 단검이 준비되었다.

또한 전투력이 무기에 많이 좌우되는 서의지에게는 마력 탄궁과 마법환, 포톤캐논 지팡이가 제공되었다.

후방 지원을 맡은 백민주에게는 인비져블 링과 다이아몬드 스킨 링이 주어졌다.

여차하면 몸을 숨기거나 상해를 입지 않게끔 피부를 강화하는 마법이 각인된 물건들이었다.

록스타는 엘릭서가 충전된 마나석을 권산에게 넘기며 물었다.

"만들긴 했다만, 일행은 4명인데 미스릴 갑옷은 왜 두 벌이 더 필요하지?"

권산은 마나석을 가방에 넣으며 말했다.

"수도에 들러 선물하려고 합니다."

"오호라. 카르타고에 들러서 하논을 만날 생각이로군. 나머지 한 개는?"

"동료가 한 명 더 있어요. 그에게 부탁할 것이 좀 있는데, 뇌물 겸 선물 겸해서 필요해요."

권산의 뇌리에는 김시영 박사가 떠올랐다.

한창 젤란드 마탑에서 마법을 익히느라 여념이 없을 그였다.

주기적으로 메시지를 통해 그의 근황을 파악하고 있었는데 그에게 부탁할 만한 일이 생긴 것이다.

"그럼, 난 빌어먹을 용병단 무구 만들러 가볼 테니까. 몸 성히 잘 다녀오라고. 마인호프의 보롬을 만나면 내 대신 안부 전해주고."

"그러죠."

권산은 매튜와 작별 인사를 나누고, 강철중과 진광, 투견에게 다음 작전을 하달했다.

"내가 없는 동안 아르고 용병단이 할 일은 현지 용병들을 받아들여 인원을 늘리는 거야. 지금의 인원은 알파팀이 되고 현지 용병들은 베타팀이 되겠지. 규모가 충분히 커지면, 용병단을 용병대로 승격시킨다. 그런 뒤 베타팀의 팀장은 강철중이 맡아. 알파팀 팀장은 투견이 맡고."

진광의 안색이 딱딱하게 굳었다.

"크헐! 설마 천하의 권산 용! 병! 대! 장! 께서 이 진광을 가만히 두지는 않으시겠죠?"

권산이 진광의 어깨에 손을 얹고 가만히 두드렸다.

"진광은 군수와 보급을 맡는다. 수송단은 감마팀이라 칭하고, 알파팀에서 일부 인원을 차출해도 좋아. 지금 당장의 보급로는 화성 숙영지와 노바첵 용병 캠프 루트뿐이지만, 앞으로 영토 확장시에는 가장 힘든 역할이 될 거야."

"아아. 천하의 진광이 이제 선장 노릇이라니……."

산적 같은 진광이 시무룩해졌다. 권산은 쓰게 웃으며 말을 이었다.

"용병대가 편성된 뒤 마법 무구까지 갖춰지면, 민지혜 실장의 작전 계획에 따라 북방 미개척지마다 숨어 있는 개척촌을 찾아내. 이미 젤란드 왕가에게 개척촌의 주민을 받아들여 영지민으로 삼겠다고 했으니 그들과 유대를 맺을 필요가 있어. 의외로 많은 인구가 숨어 있을 수도 있고 말이야. 그들이 몬스터로부터 위협을 받으면 우리의 도움을 받을 수 있게끔 통신망을 제공하는 정도로 접근하도록 해… 그러다 보면 곳곳에 흩어져 있는 개척촌까지의 보급로가 길어질 것이고, 진광이 가장 고생을 하게 되겠지."

권산은 용병단 모두에게 작별 인사를 하고 팬텀 아머에 올랐다.

다른 일행들도 모두 말에 오르자 일행은 영주성을 뒤로하고 노바첵 영지를 빠져나왔다.

권산은 민지혜에게 음성 통화를 걸었다.

"민 실장. 위성 자료을 기준으로 개척촌을 찾아줘. 부단장들에게 개척촌 네트워크 구성 계획은 공유했어."

—네. 최대한 찾아볼게요.

"또 다른 중요한 일이 하나 있어. 이제 북방의 미개척지를 노스랜더 공작령으로 넣기 위해서는 핵심 거점이 필요해. 이곳의 문화에 맞추자면 영주성과 외성을 건축할 도시의 위치 말이야."

—우리의 화성 국가 건설 프로젝트의 수도가 되는 곳이네요.

"맞아. 양자 터널의 기밀을 지키려면 화성 숙영지와는 적당히 거리가 있어야 하지만, 너무 먼 것도 곤란해. 실피르 강을 통해 해운이 오갈 수 있는 게 좋고, 지형적으로는 방어에 유리한 고지대나 험산처럼 천혜의 환경을 갖춘 게 좋겠지. 언제까지 지구에서 보급을 받을 수는 없기 때문에 주변에 농지로 쓸 평야도 충분히 있는 그런 곳 말이야."

—권산 님, 지금 엄청 어려운 요구를 하신 것 아세요?

"하하 그건 그렇겠지."

—그래도 최선을 다해서 찾아볼게요.

『헬리오스 나인』 5권에 계속…